講談社文庫

春の窓

安房直子ファンタジー

安房直子

講談社

Contents

SPRING WINDOW

Awa Naoko FANTASY

春の窓　安房直子ファンタジー

あるジャム屋の話

Awa Naoko FANTASY

若いころから、人づきあいのへたな私でした。

大学を卒業して、一流といわれる会社に就職しましたものの、ほんの一年でやめました。やめて、故郷《くに》に帰って、しばらくごろごろしていたとき、ジャムのことを思いついたのです。

あのときは、庭のあんずが鈴なりでしてね、父親が冗談まじりに、

「おまえ、仕事がないんなら、このあんずみんな売ってこい」

といったのが、ことのはじまりでした。私は寝ころがって、ぼんやり庭を見ていました。すると、うしろで母の声がしました。

「ことしは、あんずのあたり年でねえ、ジャムをいくらつくっても、つくりきれないよ」

このときふっと、私の胸に、ジャムの煮える、あのなんともいえないいいにおいが

うかんできたのです。子どものころから母は、庭のあんずでジャムを煮ていました。あまずっぱいゆげのたちのぼる、大きななべをかきまぜる役目は、いつも私でした。

「どうせ売るなら、ジャムにして売ったら？」

と、私はつぶやきました。そしてこのとき、自分で自分のことばにはっとして、とびおきたのです。ああ、あのとき、夜明けのようなものが、私の胸にひろがりました。

「よし、ひとつぼくがやってみるよ！」

私は、庭へとびだしていって、あんずをあつめました。そして、かごいっぱいのあんずをかかえて、台所へかけこみました。

「母さん、大きななべはどこ？　それから砂糖は？」

いま思えば、これが私の新しい仕事のはじまりでした。

それからというもの、私は、くる日もくる日も、あんずのジャムを煮ました。そして、それを小さいびんに入れて、親戚や、となり近所にくばりました。

評判は、いろいろでした。

もうすこしあまいほうがいいとか、ぎゃくに、砂糖をひかえて、自然の味をだすほうがいいとか、蜂蜜を入れるといいとか、みんななかなかしんせつに、批評してくれました。

　私は、すっかり気をよくして、ますます熱心に、ジャムづくりにはげみました。ところが、それから三ヵ月後、私が森の中に小屋をひとつ建てて、そこで、ジャムづくりに専念しだしますと、まわりの人たちは、こんどは、申しあわせたように、なにもいってくれなくなりました。そのかわりに、こんなひそひそ話をしだしたのです。

「おどろいたねえ」

「大の男が、昼間っからあんなところでジャムなんかこしらえて」

「まったく、ものずきな」

　みんな、あきれたらしいのです。両親もいやな顔をして、そんなばかなまねはやめにして、もう一度、会社勤めをしてくれとたのみました。けれども、私の心は、もうきまっていたのです。私は、意地になりました。意地になって、小屋の中に大きなかまどをこしらえて、小屋の外には、大きな看板を立てたのです。

ジャムの森野屋

　看板を立てたら、私の心は、しゃんとなりました。だれがなんといおうと、おれはジャム屋なんだと思ったのです。そうときまったら、あんずジャムだけではいけません。もっといろんな果物を使って、いろんなジャムをつくってみなければいけません。私の心は、夢でふくらみました。ちょうど秋で、おいしい果物が、あとからあとからできるころでした。私は、近くの農家や果樹園をまわっては、ジャムにする果物をあつめました。

はじめの資金は、父親から借りました。それで、果物や砂糖や、ジャムを入れるびんなんかを買いましてね、何回も何回も、失敗をかさねたすえに、どうやらこうやら、売りものになるジャムをつくれるようになったのが、翌々年だったでしょうか。保健所の許可もとりましてね、車も一台、中古のを買って、そこにつくりたてのジャムをいろいろ積んで、いよいよ売りにでたのです。

町の食料品店にでももっていけば、ジャムはすぐに買ってもらえると、私は信じていました。ところが、どうしてどうして、世の中ってきびしいものですね。どこへもっていったって、私のジャムは相手にされません。あのころは、ジャムなら並木屋ときまっていて、どの店の棚にも、並木屋のジャムが、ずらりとならんでいたのです。私は、いく日もかけて町から町へまわりましたが、どの食料品店の主人も、名もないメーカーのものは、買いたがらなかったのです。そのうえ、私の口下手《くちべた》なところもわざわいしました。もうすこし、うまく売りこめば、買ってもらえたかもしれないものを、私はひとことことわられただけで、いくじなくひきさがってしまったのでした。そんなわけで、いつまでたっても私のジャムは、ひとびんも売れず、私の心はだんだん重くなってゆきました。

なにをやっても、自分はだめなんだなあという思いが、あとからあとから、わいてきました。私は、自分で自分をわらいました。能なしめ。おまえは、だまってジャムを煮るという、ただそれだけしかできない男じゃないか……。

そんなことを思い思い、のろのろと車を運転して、私が森にもどったある晩のこと。

あれは、七時すぎだったでしょうか、ふしぎなことに気づきました。

森の奥に、明かりがひとつ、ともっていたのです。そして、それはどうやら、私の小屋の位置なのです。私は、自分の目をうたがいました。あのころは、まだ電灯をひいていませんでしたから、ランプを使っていたのです。そのランプを、だれかがかってにつけて、私の小屋の中でなにかしている……。

きゅうに、私は、胸がドキドキしてきました。小屋のそばで、車をとめておりると、私は小屋に近づいていきました。

すると、小屋の中から、カチャカチャと音がします。お皿やスプーンの音です。

（たしかに、だれかいるぞ……）

私は、そうっと、小屋のドアをあけました。そして、小屋の中をのぞきこんで、ぎょうてんしました。

見たこともないようなきれいな牝鹿《めじか》が一匹、私の椅子にこしかけて、なにか食べていたのですから。

テーブルの上には、私の皿と私のティーカップ。そして、皿の上には白いパンがひときれのっていて、そのパンの上には、私のつくったいちごジャムが、たっぷりとのせられていました。そのジャムを、鹿は、いかにもおいしそうに食べているのです。目を細めて色をながめ、鼻をふくらませて香りを楽しみ、それから、なにをしたと思います？

鹿は、パンの上のジャムをひとさじすくいあげて、ゆげのあがっているティーカップの中におとしたのです。

（ロシア紅茶！）

私は、すっかりうれしくなりました。私のジャムを紅茶に入れて飲んでくれるひとがいるなんて……。鹿が、ティーカップを口に運んだとたん、私は思わず、とたずねてしまいました。すると、鹿は、とびあがるほど、おどろきました。からだをぴくりとさせ、おびえた大きな目で、私をじっと見つめました。

「おいしいかい?」

「ごめん。おどかして」

私はなんだか、鹿の家にきて鹿の食事のじゃまをしたような気持ちになりました。

ところが、鹿のほうも、なかなか礼儀正しいのです。

「いいえ。私のほうこそ、いつもおいしいジャムをごちそうしてもらって……」

なんていうじゃありませんか。

「いつもって……あの、それじゃ、あんた……」

ふと、思いあたることがありました。私はこのごろ、ジャムを煮たあとのなべをそのままにして外にでていたのですが、帰ってみますと、そのなべがすっかりきれいになっていたのでした。大きななべですから、スプーンでかきあつめれば、かなりたくさんのジャムがとれるはずです。

「いままでも、ぼくのジャム、なめてたのかい?」

鹿は、こくんとうなずきました。それからこういいました。

「だって、あんまりいいにおいがするんですもの……。朝からあんなにおいを、森じゆうに流していたら、だれだって、のぞいてみたくなるし、だれもいなけりゃ、ちょっとはいってなめてみたくもなるし……」

そりゃそうだろうと、私はうなずきました。そして、

「どうだい？　ぼくのジャムの味」

とたずねますと、鹿の娘は、ふかぶかとうなずいて、

「すばらしいです。色も香りも最高です」

なんていいましたから、私は、すっかり気をよくしました。新しい理解者ができたような気がしました。私は、椅子にすわって、そわそわしながら、

「そ、そりゃよかった」

といいました。すると、鹿は大きな目をしばたたいて、

「このごろ毎日、おでかけですね」

といいました。

「うん。ジャムを売りにでているのさ」

「そうですか。こんなにおいしいジャムだから、よく売れるでしょ」

「ところが、それがぜんぜんだめでねえ」

私は、ほーっと、ため息をつきました。

「森野屋のジャムだなんていったって、だれも相手にしてくれやしない。びんづめにしたジャムが、いま、三百個もあるけど、一個も売れないのさ」

「三百個のジャムが、ぜんぜん売れないのですって？」

「そう。あの車にぎっしりいっぱいさ」

私は、わざと、おどけたようにいいました。すると、鹿の娘はとてもしんけんな目をして、しばらく考えてから、

「それはあなた、きっと、売りかたが悪いのです」

といいました。そのきっぱりとした口ぶりは、なんだかおふくろににていました。こいつ、鹿のくせに、ぼくに説教する気かしらと思っていますと、鹿はこんどは、しみじみとした口ぶりで、

「それじゃ、私が、なんとか考えてあげましょう」

といいました。きみに考えてもらったって……と、私がいおうとしますと、鹿は、こんなことをいいました。

「ほら、よくいうでしょ。鹿の知恵は、神の知恵って」

「……………」

そんなことわざあったかなあと、へんな顔をして私は鹿を見つめました。ところが

鹿は、もうほんとうにしんけんなのです。

「私が、きっといい売りかたを考えてあげます。そのうち、町じゅうの人たちが、ジャムなら森野屋、って思うようにしてあげます。一日だけ待ってみてください。あしたの晩には考えがまとまります。鹿の知恵は、神の知恵ですからね」

鹿は、そういうと、食べかけの白パンをぺろりとたいらげて、

「ね、あなたも、あついお茶をいっぱいいかがですか」

といいました。そして、なれた手つきで、私のためにロシア紅茶を入れてくれたのです。

つぎの夜、やっぱり七時すぎに、鹿の娘はやってきました。

私がランプをともして、夕食を食べていますと、トントンと、ドアをたたいたのです。鹿の娘は青いネッカチーフをかぶっていました。小さな手さげ袋をもっていました。そして、私がドアをあけるなり、

「いい考え、いい考え」

と、小屋にとびこんできました。そうして、せまい小屋の中でおどりまわるものですから、私は、

「すこしおちついて、ロシア紅茶でも飲んだら？」

といいながら、棚から新しいジャムのびんをおろしました。あれはたしか、前の年にこしらえたいちじくのジャムでした。それを私が、テーブルの上においたとたん、鹿はもちあげて、

「ほうら、やっぱりね、これだからいけません」

なんていうのです。

「なにがいけないのさ」

「レッテルです。レッテルがいけません」

「レッテル？」

私は、ジャムのびんにはりつけられたレッテルを、しげしげとながめました。白いレッテルには、『森野屋のいちじくジャム』と、印刷してあり、そのあとに、私のこの小屋の住所と名前が、小さくつづいていました。鹿は、それを見つめて、

「こんな殺風景《さっぷうけい》なレッテルじゃ、売れるものも売れません」

というのです。

「私が、いいレッテル、つくってあげましょう」

それから、手さげ袋の中からとりだしたのは、私が、これまで見たこともないよう

な美しい絵の具でした。それは、紅《べに》と藍色と萌黄《もえぎ》の三色だけでした。が、四角い箱の中にまるくかためられていて、そのそれぞれが、なんだかこう、うっとりするほどふかくていい色あいなのです。

「いい絵の具でしょ」

と、鹿はいいました。それから、手さげの中から筆を三本とりだして、

「いい筆でしょ」

といいました。その筆も、なんだかかわっていました。まるで、鹿の毛でこしらえたような感じの筆でした。つぎに、手さげからでてきたのが、小さくきった和紙の束《たば》。この三つをテーブルの上にならべると、鹿はいいました。

「いまから私が、森野屋の新しいレッテルをこしらえてあげますからね」

そうして、さっそく、仕事をはじめたのです。

ほの暗いランプの下で、白い和紙の上に、ふしぎな風景画が、ゆっくりと描《えが》かれてゆくようすを、私はいまもはっきり思いだしますよ。目をつぶれば、和紙の上に、赤い絵の具がまるくにじんで花びらになってゆくところや、遠い山なみの線がすうっとかすれてゆくところなんかが、ありありと、うかんできます。

それにしても、鹿という動物は、ほんとうに芸術家なんですねえ……。私は、あと

にも先にも、あんないい絵を見たことがありません。いちめんの野原に、遠い森、そして、そのむこうにうすむらさきの山なみ……と、こんなふうに話したって、なんのことはない、平凡な風景画のようですが、その色が、もうなんともいえないのです。そして、その色あいをじっと見ていますと……ふしぎですね、描かれていないものまでが見えてくるのですから。たとえば、森の中には野ばらが咲いていたり、小川が流れていたり、遠い山道をこえてゆく鹿の群れが、ちらちらと見えたりするのです。するともう、山を吹く風の音まできこえてくるような気がします。野ばらのにおいまでわかる気がします。

「ふしぎな絵だねえ」

と、私はため息をつきました。鹿はうなずいて、その絵の上のほうに黒く大きな字で、

『森野屋のジャム』

と書き、下に『製造者・森野一郎』と、小さく書きました。そしてそれをいちじくジャムのびんにぴたりと当てて、

「こんな感じです」

といいました。

一瞬、私はひざをたたきました。うん、これなら売れる！　と。

レッテルというのは、ほんとうにふしぎなものです。あれひとつで、中の食べ物は、おいしそうにもまずそうにも見えるのですから。そして、鹿のレッテルを当ててみますと、もうそれだけで私のつくったジャムは、日本じゅうのどこのジャムよりもすばらしく思えたのです。

鹿は満足そうにうなずくと、

「じゃあこれを、とりあえず三百枚ほどかきましょうか」

といいました。そして、それからというもの、もう、わき目もふらずにレッテルをつくりはじめたのです。おなじ風景画のレッテルがあとからあとから生まれます。私はその横でジャムのびんにそのレッテルをはっていきます。

鹿のレッテルづくりは、それからいく晩つづいたでしょうか。なにしろ、一枚一枚を手描《てが》きにするのですから、容易なことではありません。それでも、鹿は、骨身《ほねみ》おしまずはたらいてくれました。

そしてある日、車一台分の「商品」ができあがると、私はいさんで車を運転して町へでたのです。

いつかのジャム屋が、またしつこくやってきたと、はじめはみんな思ったらしいのです。どの町のどの店の主人も私の顔を見ると、申しあわせたようにいやな顔をしました。が、レッテルをかえたジャムのびんを、ひと目見るなり、ほう、という顔つきになり、びんを手にとって、すいこまれるように見入ったのです。そして、しばらくしてから顔をあげると、まるで夢を見たあとみたいな顔つきになって、

「じゃあ、すこし、おいていってくださいよ」

というのです。私は、大よろこびで一店につき十個ぐらいずつおかせてもらいました。ところが、そのジャムがたちまち売れてしまって、追加の注文がきたのにはおどろきました。ある食料品店の主人なんか、わざわざ、私の小屋までたずねてきたのです。あのときは、ちょっときまりが悪かったですね。だって、工場とは名ばかりの掘《ほ》っ立《た》て小屋で、たったひとりでジャムを煮ていたんですから。ところが相手は、失望したようすも見せずに、ますます私のジャムにほれこんで、百びんも注文してゆきました。

それからはもう、とんとん拍子。あっちの町からも、こっちの町からも注文がきて、私たちは、やすむひまもなくなりました。私は、おおわらわでジャムをこしら

え、鹿は必死になってレッテルをこしらえます。

　鹿の娘は、毎晩、私の小屋にやってきて、ほの暗いランプの下で絵筆をにぎっていましたが、ふたりは、ほとんど話をするひまもなくなっていました。できあがったレッテルは、テーブルの上にびっしりとならび、テーブルがいっぱいになれば床にならび、もう、足のふみ場もなくなります。そのあいだに私はできあがったジャムをびんにつめて、レッテルをはってゆきます。

　なんとまあ、息もつけないほどのいそがしさ！

　夜ふけに、やっと手のあいた鹿の娘が、水をくんでお茶の仕度《したく》をするころ、私も仕事をおえて、のりだらけの手を洗うのでした。

　ひと仕事おえたあとで、ふたりは、ロシア紅茶をゆっくりと飲みました。大きな、まんまるの月が、小屋の窓から私たちを見つめていました。

　その月の光をあびて、ふたりは、あした出荷する予定のジャムの山を満足そうに見つめるのです。百びんのジャムが、あした一日でとぶように売れてしまうことを、私は知っていました。そして、そのあとで、また、もっとたくさんの注文をうけて、小屋にもどってこなければならないだろうことも……。

「ちょっと、いそがしくなりすぎたねえ」

と、私は苦笑しました。けれども、その分だけ、私のふところも豊かになっていました。

「きみに、なにかお礼をしなくちゃと思ってるんだ」

私は、鹿の娘を見つめて、まえから考えていたことを、いいかけました。ところが、彼女は、びっくりしたような顔で、

「お礼だなんて、とんでもありません」

といいました。それからうつむいて、長いまつげの目をしばたたきながら、思いつめたように、

「私、ほしいものなんか、なんにもありません」

といいました。

「ほしいもの、なんにもないっていったって……」

私は、こまりました。彼女が、たとえば人間の娘ならば、洋服でもマフラーでもプレゼントしたでしょう。ところが鹿の娘となると、これはいったい、なにを買ってやったらいいものでしょうか……。私がこまっていますと、鹿はまた、大きな目で私を見つめて、

「ほんとうにほしいものは、なんにもないんです」

ます。

それから、とても小さい声で、

「いつまでもいっしょにいられたら、それでいいんです」

といったのです。私はきょとんとして、彼女を見つめました。すると彼女はつづけ

「これから私といっしょに、森野屋を大きくしましょう」

「森野屋を、大きくするっていったって……」

と、私は口ごもりました。こんな小さな店を、これから先、どうひろげていったら

いいというのでしょう。私は、会社勤めをとちゅうでやめたような人間です。黙々

と、自分ひとりの仕事にいそしむことはできても、こと、社会へむけて目をひらくと

なると、どうもおじけづいてしまうような男なのです。私はどもどもと、つぶやきま

した。

「店を大きくするとなったら、ぼくひとりではやってゆけないよ。人もやとわなけれ

ばならない。車ももう一台買わなけりゃならない。その車を運転する人をやとって

……販売先をひろげて……」

私は、ため息をつきました。ああ、そんなめんどうなこと、とてもいやだなあと思

ったのです。私は、なまけ者でもありました。小さな商売が、それなりに繁盛《はんじょう》して、

自分ひとりがなんとか豊かに暮らしていけたら、あとの時間は草の上に寝ころがって、本でも読んでいたいと、そんなふうに思っていたのです。

ところが、鹿は首をふって、

「森野屋を大きくするってことはね、かならずしも、そういうことじゃありません。もっとジャムの種類をふやして店を充実させることです」

といいました。

「ジャムの種類をふやす？　……なるほど……」

思わず私は、身をのりだしました。すると鹿の娘はうなずいて、

「いつまでも、あんずと、いちごと、いちじくのジャムだけではいけません。森野屋を一流の店にするためには、もうすこしいろいろのジャムをこしらえなくては。ほかの店ではけっして手にはいらないようなめずらしいジャムをつくることです」

「めずらしいジャム？」

「そう。たとえば、野ばらのジャム、桑の実のジャム、山すもものジャム、木いちごのジャム、こけもものジャム、かりんのジャム、ラズベリーのジャム、野菊のジャム、アカシヤの花のジャム……」

私はうっとりと、鹿の娘の声をききました。目をつぶれば、新しいジャムがつぎつ

ぎにうかんできます。そして、そのひとつひとつのびんに、夢のように美しいレッテルがはられてゆくのまでが、見えてくるのでした。

「いいなあ……」

と、私はため息をつきました。

「そうしたいね。ジャムの種類をふやせるものなら、ふやしたいねえ」

でも、そのためには、材料を仕入れなければなりません。かりんのジャムをつくるには、どっさりのかりんの実を、野ばらのジャムをつくるには、どっさりの野ばらを……。ああ、そんなこと、いまの状態じゃとてもむりだなあと、私が考えています
と、鹿は声をひそめて、

「ねえ、まずはじめに、ブルーベリーのジャムを、こしらえてみませんか。だれも知らない、ブルーベリーの森を教えてあげますから」

といったのです。私は、おどりあがって、

「ほんとうかい?」

とさけびました。鹿はうなずきました。

「はい。それじゃ、あした一日、仕事をやすんでください。ブルーベリーのたくさんみのっている秘密の場所に、私がおつれしますから」

そういうと、鹿の娘は、大きな目をキラキラさせて、私をじっと見つめ、私はまぶしくて、思わずうつむきました。

*

翌日、私はやくそくどおり、仕事をやすんで、森の奥へかごをせおってでかけました。鹿の娘とは、大きなイチイの木のところで待ちあわせるやくそくでしたが、私がそこへいってみますと、もうつややかな毛並みの鹿がちゃんといて、私を待っていました。やあ、ずいぶん早かったねえ、といおうとして、私はだまりました。ふと、へんな感じがしたのです。それは夜のランプの明かりで見る鹿と、昼の日の光で見る鹿とのちがい……とでもいいましょうか。まぶしい森の木《こ》もれ陽《び》の下に立っている牝鹿は、まさに野生の鹿でした。ゆうべ青いネッカチーフをかぶってきて、絵の具で絵をかいたり、紅茶を飲んだりした鹿の娘とはどことなく、感じがちがうのです。それでもあの目だけは——長いまつげにふちどられたすずしい目だけは、まぎれもなく彼女のものでした。私は、やっと安心して、

「こんにちは。ぼくは、こんな大きなかごをせおってきたよ。ブルーベリーを、どっ

さり摘《つ》んで帰ろうと思ってね」

といいました。じっさい、私の心ははずんでいました。これから、森野屋の製品をひとつふやすのだと思うと、もううれしくてたまりません。

「ぼくはこれから、ブルーベリーの煮かたをとっくり研究してみようと思うんだ。いろいろやってみて、商品として売りだすのは来年あたりかなあ。きみも、レッテルの図案考えといてほしいなあ。なにかこう、思いっきり色のきれいな西洋ふうのレッテルにして、字も大きくしてみたらどうだろう」

私は、いつになくおしゃべりでした。ところが鹿の娘のほうは、いつになく無口でだまったまま、ひたひたと、私の前をすすんでいくのです。

こうしてふたりは、森の小道をどれほどすすんだでしょうか、これまできたこともないほど遠いところまで歩いたと思ったとき、とつぜん、ぱっとひらけた場所にでたのです。

そこが、ブルーベリーのしげみでした。たくさんのブルーベリーの木が、びっしりとかたまっていました。鹿の娘はふりむいて、じっと私を見つめました。ここが秘密のブルーベリー畑ですよと、いうように……。

たしかに、そこはしいんと静かで、だれひとりいないどころか、これまでも、だれにも荒らされたことのない場所のようでした。ここで、毎年毎年、あの小さな青い実がみのり、だれにも摘まれることなく、熟《う》れて地におちていったのでしょうか……。

私はそっと、ブルーベリーのしげみの中にふみこんでいきました。そうして手をのばして、濃い青色の、小さな実をひとつぶ、もぎとりました。ほんのりと白い粉のふきでた、みずみずしい果物です。口にふくめば、あまずっぱい味がします。よし、これでこんどお酒もつくってみよう、と、そんなことを考えながら、私はブルーベリーの実を摘みにかかりました。鹿もてつだいます。かごの中のブルーベリーの実は、みるみるふえてゆきます。私はのどがかわいていましたから、ときどき、ブルーベリーの実を口に運びました。サファイア色をした小さな木の実は、舌の上にのせればしんと冷たくて、一滴の泉の水のようでした。

そうして、どれほどブルーベリーを摘みつづけたでしょうか。ふっと、うしろにだれかがいるような気がして、私はふりむきました。そして、息をのんだのです。

私のうしろには、みごとな角《つの》の雄鹿《おじか》が、すっくりと立っていました。

おどろいて、私が棒のように立ちすくんでいますと、雄鹿は、私の顔をじっと見つめ、おごそかな声で、

「娘が、たいへんお世話になりまして」

といいました。

娘？

私は、鹿の娘とこの雄鹿を見くらべました。なるほど、雄鹿は老《お》いていました。それじゃ、あなたは……あなたは、つまり、この娘さんのお父さんなんですね……。私は緊張しました。なにかあいさつをしなければ、と思いました。そこでおじぎをひとつすると、しどろもどろに、

「い、いえ、お世話になっているのは、こちらのほうで……」

といいました。まったくです。あんなにいいレッテルを、たくさんつくってもらって、そのうえ秘密の果物のあり場所まで教えてもらって、そのお礼のほうを、私はまだ、ひとつもしていないのですから。すると、雄鹿はおおらかにうなずいて、

「おたがいさまです。ゆくゆくは、いっしょになるあなたたちですから」

といったのです。

(ゆくゆくは、いっしょになる？)

私は、きょとんとして、雄鹿を見つめました。

「あのう……それは、いったい、どういうことでしょう……」

なんと私は、あのとき、間のぬけた質問をしたのでしょうか。知れたことじゃあり

ませんか、いっしょになるとは結婚するという意味でしたのに……。でも私は、いまのいままで、まさかなんでも、鹿をおよめにしようなどとは思ってもいなかったのです。そっと目をうつしますと、鹿の娘は、長いまつげを伏せて、うつむいています。ああ、そうだったのかと、やっと私にはわかりました。この娘が、私のためにあんなにいっしょうけんめいレッテルをこしらえつづけてくれたのは、あれは、つまりそういう気持ちからだったのかと……。私は、ふっと、胸の中があつくなりました。けれどもあのとき、私は、思ったとおりのことをきっぱりといってしまったのです。

「でも、ぼくは人間だし、彼女は鹿だし、いっしょになることはできません」

するとと雄鹿はうなずいて、

「そこです」

と、うなるようにいいました。

「そこが相談です。もしも、私の娘が人間に姿をかえて、あなたのところにたずねていったら、そのときは、およめにしてくれますか？」

「…………」

そんなことができるかなあと思いながら、私はうなずきました。そして、小さな声で、

「もちろんです」

と答えたのです。じっさい、私は鹿の娘が、きらいではありませんでした。もしも、彼女が人間に姿を変えることができるのなら結婚してもいいと思えたのです。あんなにやさしくて、しっかりしていて、そのうえ、絵の才能のある娘は、人間の世界にだってめったにいませんからね。私は、いくどもうなずきながら、

「ぼくには、もったいないような娘さんです」

と、つけ加えました。雄鹿は満足そうな顔をして、

「それでは、しばらくのあいだ、私が娘をあずかります。どうぞ、待っていてください」

といいました。鹿の娘は、キラキラ光る目でじっと私を見つめていました。私は、しんけんにうなずいて、

「はい。いつまでも、待っていましょう」

といいました。

このとき、きゅうに陽《ひ》がかげって、あたりがほの暗くなりました。風が吹いて、ブルーベリーの小さな木の葉が、ざわざわとゆれだしました。すると、親子の鹿は、私の目の前から、すうっと遠ざかっていったのです。まるで、まぼろしが消えていくよ

うに。

「あのう」

と、私は呼びかけました。

「いつ、およめにきてくれるのですかー」

すると、雄鹿は遠ざかりながら、ふりむきもせずにいいました。

「この子が、人間の姿になれたときに」

と。

「いったい、どうやって、人間の姿になるのですかー」

「これから、さまざまの花を食べ、さまざまの泉の水を飲み、さまざまの呪文をとなえて、となえおわった月夜にきっと」

私は、心の中で、くりかえしました。

(さまざまの花を食べ、さまざまの泉の水を飲み、さまざまの呪文をとなえ、となえおわった月夜にきっと……)

すると、とつぜん、やりきれないような思いが、私の胸にこみあげてきたのです。

「おーい」

と、私は呼びました。それから、走って、鹿のあとを追いかけました。

「そんなこと、しなくてもいいんだよ。鹿のままでもいいんだよ。毎晩、ぼくの小屋でいっしょにロシア紅茶が飲めるなら、それでじゅうぶんなんだから」

私は、あのとき本気でそう思ったのです。けれども、あたりはいつの間にかいちめんの霧。二匹の鹿の姿は、もうどこにもなく、ただ遠くから雄鹿の低い歌声がひびいてくるばかりでした。

「風に吹かれて森を走れば
木の実草の実　はらはらおちる
　鹿は足四つ
人は足二つ
　ほっほほ　ほほー」

歌のおしまいは、まるで笛のようなはやしことばになっていて、この、「ほっほほほほー」を、雄鹿はいくどもいくども、くりかえしていましたが、やがてその声も、風の音といっしょになって、消えてしまいました。

それから、私は、ふらふらと、自分の小屋にもどりました。気がつくと、ブルーベリーのかごは、ちゃんと背中にせおっていました。

「今夜、あの子はこないんだ」

私は、ひとりごとをいいました。それからひっそりと、ブルーベリーの実を洗って、ジャムをこしらえました。あの小さな実をとろとろと煮つめて、濃いむらさき色の美しいジャムを、心をこめてつくったのです。そうして、夜になりますと、ふたり分のロシア紅茶の仕度をしました。

「さっきのブルーベリー、ほら、こんなジャムになったよ。味見してごらん」

私は、そんなひとりごとをいいました。するとまた、やりきれないほどの悲しみが、こみあげてきました。

「鹿のまんまで、よかったんだよ」

私は、ぽつりとつぶやきました。しみじみさびしいと思いました。

*

さびしい日々が、いったいいく日、いや、何ヵ月つづいたでしょうか。私は、ときどき、森をさまよい歩いて鹿の娘をさがしました。花の咲いているところ、泉のわいているところをつぶさに調べました。けれども私は、森の中に野ねずみ一匹、見つけることはできなかったのです。

さびしい心で、私は、黙々とジャムをつくりつづけました。軌道にのりはじめた森野屋です。ジャムの注文だけは、ひっきりなしにきましたから。すると、とうぜん、レッテルがなくなりました。鹿の娘がきて、絵を描いてくれないかぎり、あれは一枚も、手にはいるわけがないのです。

(こまったな)

と、私は思いました。あのすばらしいレッテルがなくなったら、森野屋はどうなるか、私にはよくわかっていました。

ところがこのとき、印刷屋をやっている弟が、ひょっこりやってきて、兄貴、元気でやってるか、森野屋はだいぶ有名になってきたねえ、なんていうのです。そこで私がレッテルを描く人がこなくなってこまっている話をしました。すると弟は、鹿の娘の描いたレッテルを見て、それならこれを印刷すればいいじゃないかといったのです。そうして、レッテルを三種類ほど借りていくと、三日後には、もう山ほど印刷して届けてくれました。見ると、これがなかなかよく刷れていましてね、ま、原画ほどではないにしても、色なんかはきれいにでていて、私は満足しました。いや、満足しなければならないと思ったのです。つまり、彼女が帰ってくるまで、なんとか、このレッテルでしのごうと思ったのです。そうしてあとはもう、たったひとりで黙々と、ジャムをつくりつづけ、売りつづけて暮らしました。さびしいさびしいと思いながら、暮らしていたんです。じっさい私はあのとき、やせました。口数もすくなくなり、めったにわらわなくなりました。

「あんた、いったいどうしたの。仕事は、こんなにうまくいってるのに」

と、ときどきたずねてくる親兄弟にきかれましたが、私は、鹿の娘のことをだれにも話すことはできませんでした。私の楽しみといえば、たったひとりでブルーベリーのお酒を飲むことだけでした。いつか、ジャムをつくった残りのブルーベリーでお酒をつくりましたら、これがおどろくほどコクのあるいいお酒になりましてね、それを、夜ふけにちびちびとやりました。そうすると私の耳に、かならず、鹿の娘の声がきこえてくるのです。

「待っていて、もうすこしだから。私は、もう百の花を食べたわ。九十の泉の水を飲んだわ。もうすこしだから、待っていて……」

「わかった、わかった」

私は、一人で、いくどもうなずくのでした。

そうして、何年すぎたでしょうかねえ、私は、かわり者のジャム屋と呼ばれ、年も三十をいくつかすぎました。

ある年の冬でした。

ふりつづいた雪がやんで、まんまるの月が空にのぼったころ、だれかがほとほとと、小屋の戸をたたきました。

「どなたですか」

とききますと、戸の外から、

「あたし、あたし」

と、なつかしいあの声がきこえてきたではありませんか。私は、どきっとしました。ふいに、もう息もできないほどのよろこびが、胸いっぱいにあふれてきたのです。私はドアにかけよると、目をつぶって、おそるおそるドアをあけて、それからそうっと目をあけると……。

ああ、私の目の前には、二本足の人間の娘が立っていたのです。大きなすずしい目をした娘でした。長いまつげの娘でした。青いネッカチーフを風にはためかせなが

ら、娘は、

「こんばんは」

といいました。こんばんはと、答えようとして、私は声がでませんでした。胸がいっぱいで、ほんとにもうなにもいえなかったのです。私は、いそいそとロシア紅茶の仕度をしました。そして、月の光のさしこむテーブルに、新しいテーブルかけをひろげたのです。

こうして、やくそくどおり、私たちは結婚しました。

結婚式は、ふたりだけであげました。ブルーベリーのお酒を飲んで、これからはけっしてはなれませんと、風や木や、空の雲に誓ったのです。

はい、それからずっと、私たちは、いっしょに暮らしています。彼女は、やっぱり絵がうまくてねえ、いろんなレッテルをつくってくれましたが、結婚して最初に描いたのが、このブルーベリージャムのレッテルです。ほら、この紺色の実、みごとでしょう？　まんまるでみずみずしくて、いまにも、あまいつゆがこぼれてきそうな絵でしょう？　これ、印刷じゃなくて手描きですよ。

秋になりますと、私たちは、あの秘密のブルーベリーの森へいきました。それから、新しくかりんの森や、山ぶどうの森も見つけました。木いちごのどっさりみのっているところなんかも、彼女はようく知っているのです。

おかげで森野屋は、ますます繁盛しましてね、ジャムの種類は、いま、三十七。レッテルの美しさはどこにも負けませんが、味もどこにも負けないつもりです。

さ、このブルーベリーのジャム、おみやげにひとびん、さしあげましょう。

黄色いスカーフ

Awa Naoko FANTASY

外出のときに、大きな絹のスカーフをもっていると、とてもべんりだという記事が朝の新聞にのっていました。

大きな絹のスカーフは、風の強いとき頭にかぶってもいいし、寒いときには、三角に折って肩にかけてもいいし、ちょっとしたパーティーにえりもとを飾ると、平凡な服がぐっとひきたつのだそうです。

ふんふんとうなずきながら、おばあさんはこの記事を読みました。なるほど、わたしもひとつためしてみようかしら、と思いました。おばあさんは、めがねをはずして立ちあがると、さっそくたんすをあけてみました。

たんすの中には、赤い塗りの手箱がありました。その中には色とりどりの端《は》ぎれがはいっていました。そして、そのいちばん下に、目もさめるほどあざやかな黄色のスカーフが一枚、ふうわりと眠っていたのです。

「これだわ」

おばあさんは、スカーフをとりだしてひざの上にひろげてみました。そして、つくづくむかしの品物はちがうなあと、思ったのです。

それは、正真正銘《しょうしんしょうめい》の絹のスカーフでした。つややかで、しっとりした手ざわりで、にぎればほんのりとあたたかいのでした。おばあさんは、スカーフを小さく小さくたたむと、ハンドバッグの中にしまってみました。

すると、ふしぎです。きゅうにおばあさんの心は明るくなって、どこかへでかけてみたくてたまらなくなりました。

「どこへいこうかねえ……」

おばあさんは、窓の外を見ました。庭のネコヤナギの銀の芽が、しっとりと光っていました。

もう、春が近づいていました。おばあさんは、いそいそと新しいワンピースに着かえました。それは、濃いオリーブ色のウールでした。このワンピースに、黄色いスカーフがとてもにあうことに気がつくと、おばあさんはますますうれしくなりました。

(こんなとき、だれかと食事ができたらねえ)

そうです。こんな日に、ちょっと電話で呼びだして、気軽に話のできる娘でもいたら、どんなに楽しいことでしょう……。

(でもまあ、そんなぜいたくはいわないことにしましょう。わたしは、まだまだ元気なんだし、住む家もあるんだし、お金にもそうこまっていないんだから……)

おばあさんは、自分の暮らしに満足していました。このまま静かに一生をおえることができたら、なんにもいうことはないと、いつも思っていたのです。

(そうですとも。わたしは、しあわせ者ですよ)

おばあさんは、うなずきました。そして、家をでました。

町の並木道をゆっくり歩いていきますと、風が吹いてきて、おばあさんの髪の毛をみだしました。おばあさんは片手で髪をおさえながら、ハンドバッグの中のスカーフを思いだしました。

(そうそう、こんなときこそ、絹のスカーフだわ)

おばあさんはにっこりわらって、黄色いスカーフをとりだすと、さっとひろげてそれを三角に折りました。そうして、それで、すっぽりと、髪をつつんでみました。

(どんな感じだろう……)

鏡がないのですこし心配でしたが、おばあさんは、自分がとても若がえったような気がしました。むかし、いま着ているのよりもずっとあざやかなみどりの服を着て、このスカーフをえりもとに飾って、あちこちにでかけた日のことを、おばあさんはついきのうのことのように思いだしました。

(あのころは楽しかったわ。わたしは若くてきれいで、水仙の花みたいな娘だったわ……)

そんなふうに思いながら、おばあさんは、通りがかりのクリーニング屋のガラスに、自分の姿をひょいとうつしてみました。そうして、たちまち、まっ赤になったのです。

(これはまあ、どう考えたって派手すぎるわ。頭にカナリヤ百羽のせて歩いているみたいだ)

おばあさんは、大いそぎで黄色いスカーフをむしりとると、くしゃくしゃにまるめて、バッグの中にほうりこみました。

(いい年をして、なれないことはするもんじゃないわ)

おばあさんは、あわててあたりを見まわしました。そして、ここにくるまでにだれにも会わなかったことを、ひそかに感謝しました。

(それにしても、おお、はずかしい!)

気の弱いおばあさんでした。いそぎ足で歩きながら、おばあさんは、もうはずかしくて、はずかしくて、たまりませんでした。

「年寄りは、ああいう話を本気にしちゃいけないんだわ」

おばあさんは、ぽつんと、ひとりごとをいいました。

ところがこのときです。バッグの中から、いきなりこんな声がきこえてきました。

「ひろげて、ひろげて」

「ええ？」

おばあさんは、びっくりして、自分のハンドバッグをもちあげてみました。きょうは、トランジスターラジオなんか、もってこなかったのに……。

おばあさんは、ハンドバッグを耳にあててみました。するとさっきの声が、また、こんなことをいうのです。

「ひろげて　ひろげて
草の上に　ひろげて
こんなに　くしゃくしゃにされたんじゃ
息もつけない」

このとき、おばあさんには、はっきりわかりました。これは、たしかにあの黄色いスカーフの声だと。そこでおばあさんは、

「はいはい、ちょっと待ってくださいな」

といいました。それから、公園へいそぎました。おばあさんの心は、また明るくなりました。晴れのち曇り、それからまた晴れ。

そうだわ、スカーフの、そういう使いかただってあるんだわ……。

おばあさんは、公園につくと、大きな桜の木の下の芝生にいそぎました。ハンドバッグの中では、スカーフがまだうたっています。

「ひろげて　ひろげて
　草の上に　ひろげて」

おばあさんは、草の上にすわると、ハンドバッグを、そっとあけました。

「はいはい、お待ちどおさま」

くしゃくしゃにまるめられたスカーフを、きれいにひろげて、ふわりと草の上においてみますと……、その黄色は、さえざえと輝いて見えました。まるで、朝の日の光

を四角くきりとったようでした。

おばあさんは、スカーフの横にハンドバッグを、そっとおきました。すると、スカーフがこんなことをいいました。

「オレンジと、ホットケーキ」

え？　なんのことかしら、と、おばあさんがまばたきしたとたん、黄色いスカーフの上に、黄色いオレンジと黄色いホットケーキがあらわれました。オレンジはもぎたてで、ホットケーキは焼きたてで、どちらもほんものでした。

「さあさあ、めしあがれ」

と、スカーフはいいました。おばあさんは、すっかり感激して、

「ありがとう」

といいました。それから、ゆっくりとホットケーキを食べ、オレンジを食べました。ホットケーキはふっくらとあたたかく、オレンジはあまずっぱく、さわやかでした。

「ごちそうさまでした。スカーフさん」

食べおわって、おばあさんがこういいますと、スカーフは、

「たたんで　たたんで
　三角にたたんで」

といいました。

「おやおや、こんどは、なんでしょう」

おばあさんは、スカーフを、三角にたたみました。するとスカーフが、

「むすんで　むすんで
　枝にむすんで」

といいます。おばあさんは、スカーフを桜の木の枝にむすびつけました。

スカーフは、春の朝風にふうわりとふくらみました。まるで、大輪《たいりん》の黄ばらのようでした。

スカーフの黄ばらは、いいにおいがしました。日の光をあびて、ほろほろと金の粉がこぼれてくるようでした。おばあさんは、うっとりと目をつぶりました。

すると……春のさかりの静かなばら園にきているような気持ちになりました。

そこは、むかしおばあさんが、小さい女の子だったころ母親につれられてきたばら園でした。どこかでだれかが、「エリーゼのために」を、くりかえしくりかえしひいていたばら園でした。あのときおばあさんは、黒いベルベットのよそゆきを着て、ぴかぴか光る黒い靴をはいていました。そして、その服の上にも、靴の上にも、黄色い花びらはこぼれていたのです。ばらの花って、くずれるように散るんだなあと、そのときおばあさんは思いました。枯れることも、しおれることもなく、ふいにほろっとこわれていく黄ばらの最後を、おばあさんはとてもふしぎに思いました。

黄ばらのむこうで、おばあさんの母親が、はなやかにわらっていました。その横で、いっしょにわらっていたのは、黒い服を着て、髪をぴかぴかにとかした男の人でした。「この人が、あなたの新しいお父さんよ」と、さっき、お母さんが紹介してくれた人でした。

「よろしく。記念になにか買ってあげるよ」

そのとき、男の人は、とてもいい感じにわらって、女の子にいいましたっけ。

「洋服でも、おもちゃでもお菓子でも、なんでもいいから買ってあげるよ」

すると、横から母親がいいました。

「この子は、生きものがすきですの」

「ああそう。そんなら、子猫にしようか、それとも犬にするかい？」

このとき、おばあさんは、はじめて声をだしました。

「わたし、小鳥がすきなの」

小さな声でそういって、そっと見あげると、男の人は、うなずいて、

「そんなら、カナリヤにしよう」

といったのでした。そうして、その日の帰りに小鳥屋に寄って、買ってもらったのは、すばらしいローラーカナリヤでした。

それにしても、ああ、あのときのカナリヤはどうなったでしょうか……黄色い巻き毛を、ふるふるふるわせて、朝も昼もさえずりつづけた、あのカナリヤは……。小さな女の子が、ひとりぽっちで留守番するときも、弟が生まれてお母さんがいそがしくなったときも、いつも、いつも、そばにいて歌をうたってくれた、あの鳥は……。

「ほんとに、あのカナリヤは、どこへいったんだろうねえ」

と、おばあさんがつぶやいたとき、いきなり頭の上で、こんな声がしました。

「あつまれ　あつまれ
まいごのカナリヤ」

「ええ？」

おどろいて目をあげますと、おばあさんは、公園の大きな木の下にいるのでした。そして、枝にむすびつけられた黄色いスカーフが風にはためきながら、大声でさけんでいたのです。

「あつまれ　あつまれ
まいごのカナリヤ」

すると、どうでしょう。四方八方の遠い空から、黄色い鳥たちがあつまってきて、おばあさんの手や肩にとまったのです。その数は、もうかぞえきれないほどでした。

「よくきてくれたねえ、よくきてくれたねえ」

うれしくて、うれしくて、おばあさんはカナリヤに話しかけました。

「わたしは、小鳥がだいすきなの。むかし、わたしも小鳥を飼っていましたよ。でもある晩、そのカナリヤはどこかへ逃げていきました。まっ暗闇の、いったい、どこへいったんでしょうねえ。わたしはいまでも、そのカナリヤが生きていて、どこかでうたっているような気がするけど、ああ、いまごろになって、あのカナリヤが帰ってきたんだわ。遠い空から、友だちをこんなにたくさんひきつれて、わたしのところに帰ってきてくれたんだわ……」

すると、カナリヤたちは黄色い胸をふるわせて、歌をうたってくれました。その歌が、おばあさんにはよくわかりました。鳥のことばがわかるなんてふしぎです。でも、カナリヤたちは、たしかにおばあさんのすきなむかしの歌をうたってくれたのでした。おばあさんのほほは、だんだんばら色になり、心はすっかり若がえりました。

腰も背中も、しゃんとなりました。

ふんふんと、カナリヤの歌のつづきをうたいながら、おばあさんは木の枝のスカーフをはずして、こんどは自分の首にむすびました。軽く、ふうわりと、大きな黄色のちょうちょのように。

するとこんどは、なぜかもう、すこしもはずかしくありませんでした。

「さあ、まいごのカナリヤさんたち、こんどは、わたしのうちにいらっしゃい。みどりの菜《な》っぱと、きれいなお水を、たくさんあげるから」

明るい声でそういうと、おばあさんはもう歩きだしていました。

公園をでていく、おばあさんのうしろから、たくさんのカナリヤがついてきました。

すばらしい、春の行進でした。

おばあさんは、大通りの小鳥屋に寄って、カナリヤのえさをたっぷり買いました。それから八百屋に寄って、みどりの菜っぱをたくさん買いました。大きな荷物をかかえたおばあさんのえりもとで、黄色いスカーフはほんもののちょうちょのように、ひらひらと、ふるえていました。そして、こんなことをいいました。

「今夜は、プリンはいかがです？」

「いいわねえ……」

と、おばあさんはうなずきました。すると、黄色いスカーフはつづけます。

「お月さまみたいにまんまるの
　黄色いプリンを食べながら
　カナリヤの歌をききましょう
　それからお窓にスカーフかけて
　静かに静かに　眠りましょう」

「まあ、スカーフをカーテンのかわりにするのね」

おばあさんは、感心しました。スカーフの使いかたって、いろいろあるんだなあ、と思いました。すると、スカーフが答えました。

「ええ。そうすると、月の光がしっとりと、絹糸みたいになりますよ。いい夢が見られますよ。たとえば黄ばらの夢」

「ああ、黄ばらの夢」

おばあさんは、にっこりとわらいました。そして、

「わたしは、しあわせ者です」

と、しみじみいいました。

北風のわすれたハンカチ

Awa Naoko FANTASY

1

くる日もくる日も北風の吹く寒い山の中に、熊の家がありました。
そまつな家でしたが、屋根には、とびきり大きなえんとつがついていて、とびらには、こんな紙がはってありました。

どなたか音楽をおしえてください。
お礼はたくさんします。
熊

この家の中に、月輪熊《つきのわぐま》が、のっそりと住んでいました。熊はひとりぐらしでした。半年ほど前に、とても悲しいことがあって、それからあと、ずっとひとりでくらしていました。

熊の家の中には、ひじかけいすがひとつと白い冷蔵庫と、とても大きなまきストーブがありました。ストーブは、いつも、ゴーゴーと燃えていて、その上で、お茶のはいったやかんがにたっていました。

月輪熊は、いつもひじかけいすにこしかけて、大きな湯のみでお茶をのみながら、考えごとをしていました。

この熊は、ことし四さいでした。熊は四つでおとなになるのです。それで、胸の白いかざりは、くっきりと、すてきな三日月形をしていましたし、からだも、なかなかりっぱでした。けれども、心は、まだすこし子どもでした。

「さびしくて、胸の中がぞくぞくするよ」

熊は、ぼそっとつぶやきました。外では、山の木が、ザワザワとなっていました。と、だれかが、とびらをたたく音が、かすかにきこえました。

「おやあ……」

熊は、じっと耳をすましました。

カタカタ、カタカタ、トン、トン、トン……

「風かな」

熊は、首をかしげました。

カタカタ、カタカタ、トン、トン、トン……

やっぱり、だれかがたたいているのです。たしかにたしかに。

「はあい！」

熊は、すっくり立ちあがると、ドアのほうへ歩いていきました。

重いとびらを開くと、いきなりつめたい風が、ぴゅーっとふきこんできました。そして、風の中には、たしかに人がいました。青い馬にのった青い人が。それを見て、熊は何となくぞっとしました。どうも、いやな予感がするなと思いました。なぜって、馬は、そのたてがみからひずめまでまっ青で、馬にのった男の人も、髪の毛からつま先まで、つめたいつめたい青い色をしていましたから。

けれども、その人は、右手に、金色のりっぱな楽器をにぎっていました。熊は、それを見つけて、急に、心が明るくなりました。

「あ、音楽をおしえにきたんですか」

熊は、さけびました。

「…………」

「あなたは、音楽の先生ですね」

するど、その青い人は、ふきげんにいいました。

「先生だって？　じょうだんじゃない、北風さ」

「北風……」

「ああ。ちょっとやすませてもらおうと思ってよったのさ。もっとも、そのあいだに、音楽ぐらい、おしえてやってもいいけどね」

「ああ、そんならいいんです。音楽さえおしえてもらえたら、北風さんだって何だってかまわないんです」

熊はうれしそうにいうと、青い人を家の中に入れて、ひじかけいすをすすめました。北風は、そのたったひとつのいすに、とっぽりとこしかけました。

すると、熊は、今度はお茶をいれました。大きな湯のみをもうひとつ出して来て、ストーブの上のやかんから、どぼどぼっとお茶をつぎ、それを、不器用な手つきで、北風にわたしました。

それから熊は、自分もすわろうとしましたが、すわるところがありません。しばらくきょろきょろしてから、たったひとつの自分のいすを、お客にかしてしまったことにやっと気がつくと、頭をかきかき、ゆかにすわりました。

「ところで北風さん」

熊は、もう、うれしさをかくしきれないように、そわそわと、両手でひざをこすりながらたずねました。

「いったいそれは、何という楽器ですか」

すると北風は、にやりとわらって、こういいました。

「それより前に、こっちがききたいね。何だって、とびらに、あんなはり紙をしたんだい」

「とってもさびしいからです。さびしいから、音楽をおぼえて、さびしくなくなりたいと思ったからです」

「何だって、そんなにさびしいのさ」

「たったひとりなんだもの、ぼく」

熊は、しょんぼりといいました。

「なぜひとりなんだい」

「みんな死んじゃったの。いつだったか、やっぱりこんな風の日に、人間というやつが来てね、

とうさんがドーンとやられて、
かあさんもドーンとやられて、
妹も弟もみんなおんなじで、
ぼくだけのこったんだよ」

「それで、毎日毎日、泣いてくらしたってわけかい」

北風は、先まわりしました。すると、熊は、はげしく首をふりました。

「ううん、ぼくは、泣いたりなんかしないよ。泣くなんて、月輪熊のすることじゃないからね。でも……」

と、熊は、うつむきました。

「とってもさびしいんだ。胸の中を、風がふいてるみたいに」

「なるほど。だけど、音楽をおぼえて、そのさびしさがなおるというわけのものでもないだろう」

北風は、そういってわらいました。

「いいや、ぼく思うんだ。音楽をおぼえると、何もかもわすれて、心がひとすじにとぎすまされるだろうって。ひとりぼっちのさびしさも、みんなわすれられるだろうって」

「なるほど」

北風は、あいづちをうちました。熊は、北風の金色の楽器を見やりながら、もう一度ききました。

「それ、いったい、何という楽器ですか」

「これは、トランペットさ」

「トラ……トラ……何？」

熊は、口がまわりませんでした。

「ト・ラ・ン・ペッ・ト」

北風は、ひとつひとつくぎって、くりかえしました。

「トランペット」

「ああ。そのとおり」

そういうと、北風は立ちあがって、いきなり、このすてきなラッパを吹きならしました。

何と大きな音でしょうか。するどくて、かがやかしくて。熊はふと、自分の部屋が、たちまち金色に染まっていくような気がしました。

「いいなあ……」

熊は、目をぱちぱちさせてさけびました。

けれども……じっときいていると、トランペットは、さびしい楽器でした。こんなにも大きな音がでるのに、ふしぎなほど、悲しいひびきをもっているのでした。まるで、しずんでゆく大きな夕日のように。

「ああ、ぼくも同じだ。大きなからだしてるのに、いつもいつもさびしくて」

熊は、すっかりこの楽器が気に入りました。そこで、北風が吹き終わったときに、

「どれ、ぼくにもちょっと吹かせてください」

と、たのみました。北風は、トランペットを、たいせつそうに熊にわたしました。

熊は、それを受け取って、しっかりとにぎると、胸いっぱいに息をすいました。それから、トランペットを、力いっぱい、口にもっていきました。ほんとうに、力いっぱい。

するると、

ぐわーん！

トランペットは、熊の前歯に、いきおいよくぶつかりました。

「いたたたたた」

熊は、口をおさえてうずくまりました。

「だいじょうぶかい？」

と、北風はききました。

「うん……」

熊は、いたそうに、うなずきました。

「そうじゃないよ。トランペットのほうさ」

北風は、熊の右手から、いそいでトランペットをもぎとると、たんねんにしらべました。

「あれあれ？　ちょっぴりキズがついたぞ」

それから、やっと熊のほうを見て、

「きみのほうは、どうなんだい」

と、たずねました。

「だ、だいじょうぶだよ」

熊は、こもるような声でそうこたえましたが、何だか、頭がくらくらしました。じつは、トランペットをぶつけたひょうしに、前歯が一本おれてしまったのでした。北風は、すぐにそれを見つけると、

「歯がおれたのかい。それじゃ、もうだめだなあ」

と、いいました。

「もう、吹けないの」

熊は、おずおずと北風を見あげました。

「ああ。トランペットは、もうみこみがないね」

なるほど、そうかもしれません。ものをしゃべると、熊の息は、ぬけおちた一本分の歯のすきまから、まるで小さな風のように、すうすうとぬけました。

「それじゃ、おだいじに」

北風は、立ちあがりました。

「もう、帰るの」

熊は、口をおさえて、ものたりなそうにいいました。

「ああ、仕事がたくさんあるんでね」

北風は、そういって、出て行こうとしましたが、とちゅうで、

「そうだ」

と、思いだしたようにふりかえりました。

「とびらのはり紙に、『お礼はたくさんします』って書いてあったっけな。あれをもらわなきゃ」

「お礼だって？」

熊は、あいた口がふさがりませんでした。音楽のおの字もおしえてもらえずに、そのうえ歯までおられて、お礼をくれですって……？

ところが、北風は、すぐに、こういいました。

「ぼくは、おまえさんのために、ずいぶん時間をそんしたんだよ。身のうえ話もきいてやったしね。それに、おまえさんは、自分で歯をおってトランペットが吹けなくなったんだから、音楽をおしえてやらないのは、ぼくのせいじゃない。そのうえぼくは、このだいじな楽器にキズをつけられたんだからね。お礼ぐらいもらわなきゃ」

なるほど、と、熊は思いました。

「それもそうだな。じゃ、きょうは、さいなんにあったつもりでお礼をあげましょう」

熊はそういうと、北風を、冷蔵庫へ案内しました。

冷蔵庫の中に、熊は、とっておきのだいじな食べものをしまっていました。山ぶどうがひとかごと、パイナップルのかんづめがひとつ。

「へーえ、いいもの持ってるじゃないか」

北風は、大きな声をあげました。熊は、はらはらしました。

「でも、あんまりたくさんはだめだよ。それしかないんだから」

けれど、北風は、ものもいわずに、青い手をにゅっとのばして、パイナップルのかんづめをつかみました。

「あ、ああ、それは……」

熊は、何かいおうとしましたが、北風は、かんづめを、すばやくマントの中に入れて、あいさつもせずに出て行きました。

「ああ」

熊は、バタンと、冷蔵庫のとびらをしめて、どすんとひじかけいすにすわりました。からだじゅうの力がぬけて、前よりよけいさびしくなりました。

2

熊は、それでも音楽を習いたいと思っていました。

きょうこそ、ほんとうの音楽の先生が来るんだ——そう信じて、くる日もくる日も待ちました。

ある日、熊の家のとびらをたたく人がありました。

カタカタ、カタカタ、トン、トン、トン、

「はあい、今あけます」

熊は、かけよって、ドアをあけました。すると、風の中に、青い馬にのった青い人がいました。

「あれ、また？」

熊は、あっけにとられて、大きな口をあけました。でも、今度は女の人でした。ながい髪の毛が、青々と風におどっていました。

「へえ、今度は北風のおかみさんかい」

熊はさけびました。大きな青い目が、石のようにじっと熊を見ていました。熊は、どうもへんなむなさわぎがしましたから、大いそぎでいいました。

「あんたのだんなは、とっくにここを通りましたよ。一週間も前にね」

すると、青い女の人は、すましてこういいました。

「知ってますよ。わたしたち、山三つ分、あいだをおいて走っているんだもの。ひにちにすれば、ちょうど一週間になるでしょうよ」

なるほど、山三つ分か、北風というのは、すてきなものだな、と、熊は思いました。

　さて、もっとすてきなことに、この北風は、バイオリンをかかえていました。熊は、やっとそれを見つけて、すっかりうれしくなりました。

「へえ、バイオリン持ってるの。ぼく、バイオリン、だあいすきなんだ。ねえ、おしえてほしいな」

　すると、北風のおかみさんは、ふふんとわらって、こういいました。

「まあちょっとやすませておくれ。あついお茶とお菓子がもらえるといいね」

「お茶はあるけど、お菓子はないな。それでも、バイオリンをおしえてくれたら、いいものあげます」

　熊は、そういいながら、この女の人を家の中に入れ、また、ひじかけいすをすすめました。北風は、青いスカートをひきずって、いすにすわりました。熊は、お茶をつぎながらいいました。

「このまえはね、だんながトランペットを持ってきたけど、とうとう吹かずじまいだったよ。きょうはそれ、ひかせてくれるでしょ」

　すると、北風のおかみさんは、手をあぶりながらいいました。

「バイオリンも、なかなかむずかしいものでね」

「そうだろうか……でも、いちばんやさしい曲だったら、ぼくにだってひけるでしょ」

「さあ、どうだろう」

そういうと、北風のおかみさんは、ケースをあけて、くり色のバイオリンをとり出しました。熊は、まばたきもしないで、それを見ていました。

「じゃ、お手本に、ひとつひいてみよう」

北風のおかみさんは、立ちあがって、メヌエットをひきはじめました。

メヌエット……何てまろやかな名まえでしょうか。ほそい糸がふるえて生まれる、ひとつひとつの音は、銀色のはしごを作っていくのです。熊は、さびしい心を持ったまま、その音楽のはしごを、ずんずんのぼって行けばよいのです。すると、さびしい心は、ふっと軽くなって……

「音楽をきいてると、心が月までとどくんだな、きっと」

熊は、うっとりとつぶやきました。メヌエットが終わったとき、熊はいいました。

「ぼくも、ひいてみたい」

「じゃ、ちょっとだけさわってごらん」

北風のおかみさんは、バイオリンをわたしました。熊は、すこしふるえる手でそれを受け取って、あごのまん中に、きゅっとはさみました。

「ああ、だめだめ、そんなかっこうじゃ」

北風のおかみさんは、あわててバイオリンをとりもどすと、熊の左あごにそっとあて、右手に、かるく弓をにぎらせました。なかなかすてきなポーズになりました。熊は、あのメヌエットのすばらしい調べを胸にうかべて右手の弓を、そっとそっと、ほそい糸にこすりつけました。

すると、どうでしょう。
キ、キ、キィー
からだじゅうに、とりはだが立つほどいやな音が出ました。熊は、息がとまるほどびっくりしました。胸が、ドキンドキンとなりました。

しばらくして、熊は、目を白黒させながらやっとひとこと、

「いったい、どういうわけだろ」

といいました。

「あんたには、少しむりなんだよ」

北風のおかみさんは、さもばかにしたように、バイオリンをとりあげて、さっさとケースにしまいました。

「どうして？　ねえ、どうして？　ドレミファから、ちゃんと習ってもだめだろうか」

熊は、おいすがるようにいいました。

「まあ、むりだろうね」

そういうと、北風のおかみさんは、立ちあがりました。それから、

「お礼をもらわなきゃ」

と、いいました。

「お礼？　なんにもおしえてくれないのに？」

熊は、びっくりしてさけびました。

「あんたには、素質がないんだもの、おしえようにも、おしえられないじゃないの。それなのに、あたしは、あんなにきれいなメヌエットを、ひいてあげたのよ」

なるほど、世の中って、そういうものかなと、熊は思いました。そこで、北風のおかみさんを、冷蔵庫へ案内しました。

「まあ、おいしそうなぶどうだこと」

北風のおかみさんはさけびました。それから、

「これみんな、もらっていくわ」

と、熊の返事もきかずに、山ぶどうのかごをかかえました。

「あ、ああ、ああ……」

熊は、あっけにとられて、そうさけんだだけでした。そして、そのときあいた口は、いつまでもふさがりませんでした。北風が出て行ってしまった、ずっとあとまで。

3

熊のくらしは、さびしくなりました。冷蔵庫はからっぽになったし、前歯もぬけてしまったし。

熊は、ひじかけいすにすわって、小声で、歌うようにいいました。

「とうさんがドーンとやられて、
かあさんもドーンとやられて、
妹も弟もみんなおんなじで……」

涙がポロンとこぼれました。熊は、大いそぎで目をこすって、ごくっとお茶をのみました。

「きょうは、なんて寒いんだろう」

ほんとうに、おそろしく寒い日でした。まきをくべてもくべても、背中のあたりがぞくぞくしました。

「寒波っていうやつが来たのかな」

熊は、ぽつんといいました。

ちょうどそのとき、戸の外で、だれかがよびました。

「ごめんください」

「はあい」

熊はさけびました。そして、立って行きました。ああ、やっぱりお客はいいな、と思いながら。

ところが、こまったことに、ドアがあきません。カギもかけていないのに、どうしたことでしょう。いくら押しても、びくとも動かないのです。ははあ、これは、むこうがわに、だれかが大きな荷物をおいたんだなと、熊は思いました。そこで、とびらに両手をかけて身がまえると、からだじゅうの力をこめて押しました。

「よいしょ！」

とびらは、やっと半分あきました。

すると……外は、まっ白でした。熊の家は、もう半分雪にうずまっているのでした。

「はあ、おどろいた、雪だ」

熊は、白い息をはきました。

この雪の中に、やっぱり、青い馬にのった青い人が立っていました。

「うわあ、また」

熊は、あきれかえって、棒のように立ちすくみました。けれど、今度の北風は、まだ子どもでした。小さな少女が、木馬のような馬に、ふわりとまたがっていたのです。まるで、青い花びらのように。少女は、かあさんゆずりのながい髪の毛を風になびかせて、

「熊さんこんにちは、お元気ですか」

と、あいさつしました。熊は、目をしばしばさせながら、やっとひとこと、まるで本でも読むように、

「おかげさまで、元気です」

と、答えました。ふりしきる雪のヴェールのむこうがわに、青い少女は、夢のようにかすんで見えました。

それにしても、こんなに感じのいいお客ははじめてだなと、熊は思いました。そこで、ドアを大きくあけて、

「どうぞ」

と、いいました。

北風の少女は、とてもスマートに馬からおりました。青い乗馬ぐつが、なかなかすてきでした。

熊は、少女を家の中に入れて、あのひじかけいすをすすめました。それから、心をこめてお茶をいれました。

「あいにく、お菓子がなんにもなくて」

熊は、いつかのパイナップルや、山ぶどうがあったらな、と思いました。

「このところ、さいなんつづきでね」

熊は、頭をかきました。すると、北風の少女は、明るくいいました。

「お菓子なら、いっしょにホットケーキを焼きましょう」

「…………」

熊は、口をモゴモゴさせながら、心の中で、ホットケーキって、どんな食べものだろうと思いました。それから、ぼそっとひとこと、

「でも、材料がなんにもないよ。ぼくの冷蔵庫、からっぽなんだ」

と、いいました。

「みんな、あたしが持ってるわ」

北風の少女は立ちあがって、ポケットから青いハンカチをとり出すと、いすの上にひろげました。

「あたし、魔法がつかえるの。ね、むこうむいてて」

そこで、熊は、壁の方をむきました。

「数、五十かぞえてちょうだい。それまでふりむいちゃだめよ」

「うん」

熊は、素直にうなずくと、両手の指を、何度も、折ったり開いたりしながらかぞえはじめました。五十という数は、めんどうなものです。それでも熊は、いわれたとおり、一生けんめいかぞえて、「五十」といっしょに、くるりとふりむきました。

すると、どうでしょう。

あのハンカチの上には、ホットケーキの材料が、ちゃんとのっているのでした。はちみつがひとかんと、粉とたまごと、ふくらし粉まで。

「ふわー」

熊は、目をまるくしました。こんなにすばらしいことがまたとあるでしょうか。

（なんだか、おもしろくなってきたぞ）

熊は、いそいそと、フライパンとお皿の準備をしました。

北風の女の子は、材料を、じょうずにまぜあわせて、まあるいケーキを焼きました。片面が焼きあがると、うまいぐあいに、ぽーんとひっくりかえして。熊は、もう、息をつくのもわすれて、それを見ていました。

やがて、ふたり分のホットケーキが、ふっくらと焼きあがりました。その上に、はちみつが、たっぷりとかけられたとき、熊は、うれしくて、胸がほかほかしてきました。こんな気持ちは何ヵ月ぶりでしょう。

ふたりでホットケーキを食べながら、熊は思いました。このたのしいおやつの時間が、いつまでも、いつまでもつづいてほしいと。けっして終わらないでほしいと。

外は、まだ雪でした。

熊の家の、たったひとつの小さな窓は、雪あかりで、ほおっと明るくなりました。

ふと、北風の少女は、いいました。

「ねえ、知ってる？　雪も、おちて来るときは音をたてるのよ」

「…………」

熊は、びっくりしました。雪ほど静かなものはないと思っていたからです。

「雪は、ほと、ほと、ほと、って、歌いながらおちてくるのよ」

「そう！」

熊は、じっと耳をすましました。

…………ほと、ほと、ほと、ほと、

…………

小さな小さな音でした。けれど、やさしいあたたかい音でした。白い花が散るときも、こんな音がするでしょうか。月の光がこぼれるときも、こんな音がするでしょうか。

熊は、うっとりと雪の歌にきき入りました。北風の子は静かにいいました。

「風にだって、雨にだって歌があるわ。木の葉だって、あたしが通りぬけるとき、すてきな歌を歌うわ。ざざざーって。お花もみんな、一輪ごとに、歌をもっているわ」

熊は、うなずきました。少女のいうことが、よくわかるような気がしました。けれど、そのあとすぐに、熊は、こう思いました。それがわかるのは、この子がそばにいるからではないだろうかと。この子が遠くへ行ってしまったら、また、何もきこえない、さびしい自分になってしまうのではないだろうかと。

とつぜん、熊は、やりきれないほど、悲しくなりました。

「あのう……あのう……むりなお願いかもしれないけど」

熊は、そういいかけて、だまりました。むりにきまっていると思ったからです。なぜって、この子は北風なのでしたから。熊とは、別の世界の人なのでしたから。

北風の少女は、熊の心を知っていました。そこで、しょんぼりと、小さな声でいいました。

「あたしね。そろそろでかけなければならないの。

とうさんとかあさんのあいだは山三つ分。かあさんとあたしのあいだも、山三つ分。けっして、それよりはなれてはいけないの。それが、北風の国のきまりなんだもの」

熊は、悲しくうなずきました。

北風の女の子は、立ちあがっていいました。

「熊さん、むこうをむいていて」

熊は、素直に立ちあがると、壁の方をむきました。

「数、五十かぞえてちょうだい。それまでふりむいちゃだめよ」

「ああ……」

熊は、うなずくと、大きな声でかぞえはじめました。

「ひとーつ、ふたーつ、みっつ……」

かぞえながら、熊は、何もかも知っていました。しばらくしてから、少女が足音をしのばせて、ドアの方へ歩いて行ったのも、ドアがそっとあいて、そっとしまったのも、それから、外で馬がいなないて、風が、ザザーっと吹いたのも。

でも、熊は、知らないふりをして、泣きたいのをじっとがまんして、数をかぞえました。やくそくどおり、やっとの思いで五十まで。

「もういないんだな」

熊は、そうつぶやいてふりかえりました。

だあれもいないへやに、ひじかけいすだけが、ばかに大きく見えました。

そして、その上に、さっきの青いハンカチが、ふわりと置いてあったのです。

「やあ、わすれものだ」

急に、熊の心は、明るくなりました。

「これは、魔法の道具だっけ！」

このハンカチの上に、さっきあの子は、ホットケーキの材料を、みごとにならべたのです。

「ぼくにもできるかしら」

熊は、ハンカチを、いそいそといすの上にひろげました。それから目をつぶって、ゆっくりと五十かぞえて、こわごわ目をあけました。

けれど、ハンカチの上は、からっぽでした。

「ふうん……」

熊は、がっかりしました。

「あの子がやらなくちゃ、だめなんだな」

けれど、このとき、熊は、すてきなことに気づきました。

（あの子は、またここへ来るかもしれないぞ）

そうです。だいじなハンカチをわすれたのですから、このつぎここを通ったときには、きっとよってくれます。

「そうだ、来るにきまってる。あたし、ハンカチわすれなかったかしら、なんていってね」

熊は、たのしいひとりごとをいいました。それから、ハンカチを、小さく小さくたたみました。

「だいじにしまっておいてあげよう。どこがいいかな」

へやの中を、きょろきょろ見まわして、さんざん考えたすえ、熊は、すてきなしまい場所を思いつきました。

それは、自分の耳の中でした。

「うん、ここなら安心だ」

熊は、ハンカチを、片方の耳の中に入れました。

すると、どうでしょう。

とつぜん、ふしぎな音楽がきこえてきたのです。

ほと、ほと、ほと、ほと……

ああ、それは、雪の音でした。さっきよりも、もっとあざやかな雪のコーラスなのでした。

「やっぱり、魔法のハンカチだ!」

熊は、目をパチパチさせてさけびました。それから、ひじかけいすにこしかけて、うっとりと目をつぶりました。

雪は、あとからあとからふりつもります。

いつか、熊の家は、このやさしい雪にうもれていきました。屋根も、えんとつも、すっぽりと。

そして、家の中では、耳に、青いハンカチを、花のようにかざった熊が一ぴき、しあわせな冬ごもりにはいったのです。

日暮れの海の物語

Awa Naoko FANTASY

海のほとりの小さな村に、ぬいもののじょうずな娘がいました。

名前はさえと呼ばれていましたが、娘の姓を知っている者はだれもいません。どこの生まれで、としはいくつになるのか、それを知っている者もだれもいません。

何年も前の夏の日暮れ、海一面が、沈む夕日の金の粉にまぶされて、まるでもう、金のうろこの魚が、びっしりとおし寄せてきたかと思われる、そんなときに、この娘は、村のいとばあさんの所にやって来たのでした。

「そのときのことなら、忘れられないねえ。裏木戸《うらきど》が、風もないのに、パタンパタンと鳴るもんだから、わたしゃ、ぬいものをやめにして、はてだれか来たようだ、となりのばあちゃんが、魚でも届けに来たろうか。そんなことを思い思い立って行ったのさ。そうすると、木戸のところに、見たことのない小娘がふらっと立って、こっちを見てるじゃないか。うしろが海で、夕日を背中にしょってたから、顔なんかまるでわからなかったが、黄色いもようのゆかたを着て、やっぱり黄色い帯をしめてた。あんた、だれだ？　わたしがそうたずねたら、娘は、かすれた声で、さえ、と答えて、あとは、ひとことものを言わない。まあいったいどこの娘だろうと思って、わたしのほうも、しばらく黙っていたさ。すると娘は、小さい声で、追いかけられているから、かくまってほしいとたのんだもんだ。わたしがあっけにとられていると、娘はぬいものを手伝うから、しばらくおいてほしいと、またたのむんだ。これを聞いて、わたしゃ、少しばかり気を良くした。なにしろ、冬からの神経痛で、腕が痛んで、膏薬《こうやく》はりはりよその仕事を続けてきたんだから。そんならま、ちょっとあがんなさい。ゆかたのぬいかけがあるから、続きをぬってみるかい。わたしゃそう言って、娘を、部屋の針箱のそばにすわらせた。娘は、行儀よくざしきに上がると、針に糸を通して、ぬいかけの片そでをぬいはじめたが、その手つきは、なかなか慣れたもので、みるみるうちにそで一枚ぬい上がって、身ごろにぴたりとくっついたときにゃ、わたしも感心した。これなら、ここにおいてやってもいいと、わたしもこのとき思ったものさ」

と、まあこんなふうにして、さえという娘は、いとばあさんの家で、ぬいものを手伝いながら、暮らすことになったのです。

さえは、よく仕事をしました。その小さい指は、絹ものの晴れ着でも、紋付《もんつ》きでも帯でも、まるで、のりではりつけたようにきれいにぬいあげましたから、村の人々はどんどん仕事をたのみに来ました。いいえ、となりの村からも、遠くはなれた町からも注文が来て、ほんの一年ほどの間に、いとばあさんは、だいぶ金持ちになりました。

そこで、ばあさんは、さえのために大きなたんすやりっぱな鏡台を買ってやりました。おまえも、いつかは、お嫁に行かなければならないだろうからと。ところがさえは、これを聞いて、まっさおになり、おびえたようにものをしゃべらなくなりました。

さえは、引き出しの七段もあるりっぱなたんすに、手もふれませんでした。貝のはめこまれた美しい鏡に、自分の顔をうつして見ることもしませんでした。この娘はまあ、何かたいへんな秘密でももっているんだろうかと、このときいとばあさんは思ったのでした。

ところが、それから幾日かたったある夜ふけ、いとばあさんは、さえが、よなべ仕事をしながら、こんな歌を歌っているのを聞きました。

海に住んでる海がめが

お嫁においでと言うけれど
あたしはこわくて行かれない
海に住んでる海がめは
にげてもにげても追ってきて
やさしいことを言うけれど
あたしはこわくて行かれない

ほそい笛のような声で、さえは歌ったのでした。となりの部屋でぬいものをしていたいとばあさんの手から、針が落ちました。

(おどろいた……おどろいた……さえは、海がめに魅入《みい》られていたんだ……)

いとばあさんは、あんまりびっくりして、息もつけなくなりました。

このあたりの海の底に、大きな海がめが住んでいて、人間の娘をお嫁にするという話は、村のだれもが知っていました。いとばあさんは、さえの部屋に、ころげるようにとんで行くと、いきなり、さえの肩をゆすりながら、たずねたのです。

「おまえ、ほんとうに、かめに会ったことがあるのかい？それで、嫁に行く約束をしたのかい？」

さえは、小さくうなずきました。

「いつ、どこで……」

「二年前の月夜に、ずっとむこうの浜で」

娘は、はっきりと答えました。

「いったいどうして、そんな約束したんだね」

するとさえは、ぽつりぽつりと、こんな話をしました。

「ちょうどそのとき、あたしの好きな人が病気して、何の薬飲んでも、どんな医者にかかっても、おまじないしてもなおらないで、死ぬのを待つばかりだった。たったひとつ助かる方法は、生きたかめのこうらを一枚けずって粉にしてそれを水にとかして飲むことだという話聞いて……そんなことを言ったのは村一番の年寄りの海女《あま》のばあちゃんだったが、そのばあちゃんの言うことは、よく当たったさ。で、あたしは、毎日浜に出て、かめの来るのを待っていた。そうしたら、何日目だったかねえ、夏の夕方の、海が凪《な》いで、波ひとつ立たなくなったころに、大きな海がめが、のそりのそりやって来たから、あたしはかめのそばへ走って行って、おまえのこうらを一枚わけてほしいってたのんだら、かめは、あたしの顔をじいっと見て、それから低い声で、そんなら一枚もっていけって言った。あたしがすわってかめの背中に手をのばすと、六角のこうらが一枚、ぽろりとうそみたいにはずれた。あたしは、それをにぎって、急いでにげようとした。そうしたら、かめは、こう言ったさ。

待っておくれ、私は、大事なこうらを一枚あげたんだから、今度はおまえも、こっちの言うこときいてくれなきゃいけないよ、私のお嫁に来ておくれって。あたしは、ふるえながらうなずいた。あのときのあたしは、何が何でも早くかめのそばから離れたかった。かめとの約束なんか、あとでどうにでもなると思った。好きな人が、これを飲んで元気になったら、いっしょにどこか遠くへにげたっていいんだって、そんなふうに思っていた。それで、かめとは、いいかげんな約束して、その足で、好きな人の家へ走って行ったんだ。その人の名前は、正太郎っていって、浜の漁師だった……」

それから、さえの話は、こんなふうに続きました。

あの日、正太郎の家の破れた板戸には、夕日があかあかとあたっていました。さえは、その戸をドンドンたたいて、やっと顔を出した正太郎の母親に、かめのこうらを手渡したのです。

それからさえは、自分の家へかけもどると、ぬいものをしたり、せんたくをしたり、父親の網《あみ》の修繕《しゅうぜん》を手伝ったりしながら、息をひそめて、あの人の容態の変化をうかがっていました。小さな村のことですから、一人の病人のようすは、すぐ村じゅうに伝わります。それからちょうど七日目に、漁師の正太郎が、何やらふしぎな薬を飲んで、急にみちがえるほど元気になって、きょうはもう起きあがっているという話を、さえは聞きました。このとき、ぬいものをしながら、さえは、ほほをばら色に染めました。八日目に、正太郎は歩けるようになり、九日目には、家の中でちょっとした手仕事ができるようになり、十日目には、もう外へ出られるようになったということです。

けれども、胸いっぱいの喜びにふるえて、好きな人に会える日を待っていたさえが、十日目の昼すぎに見たものは、病みあがりの正太郎が、村の宿屋の娘と連れだって、浜を歩いている姿でした。宿屋の娘は、さえよりひとつふたつ年上でした。海辺の村には珍しく、色の白い美しい娘でした。

「ずうっと前から、ふたりは約束ができていたと」

さえは、いとばあさんに、ぽつりと言いました。

「かめのこうらのことは、もう正太郎も正太郎の母さんも、きれいさっぱり忘れていたさ。ただ、もうすぐりっぱな婚礼があげられることだけを、喜んでいたさ。宿屋の娘と正太郎は、ずうっと前から約束ができていたと。それで、あたしとかめも、やっぱり約束ができてしまっていて……」

さえは、おそろしそうに海の音を聞きました。

それからというもの、夕暮れには必ず、さえの家の窓の下に、大きな海がめがやって来たのでした。海がめは、低い声で

「約束忘れちゃいけないよ」

と、つぶやくのでした。さえはそのたびに、家の中でうずくまって、じっと息をひそめていましたが、やがて、ちょっとした逃《に》げ口上《こうじょう》を思いつきました。さえは、かめがやって来ると、こう歌うことにしたのです。

嫁入り道具がまだたりない
着物もふとんもまだたりない
なべも茶わんもまだたりない

すると、かめは、次の日から、金のくしだの真珠の玉だの、さんごの飾り物だのを口にくわえて、さえの家の窓の下に落としていくようになりました。そういった品物は、貧しいさえの家族にとって、のどから手が出そうな宝物でした。どの品物も、び

つくりするほどみごとでしたから、売ればかなりのお金になって、娘ひとりの嫁入り支度《じたく》ぐらいは、十分できると思われました。

さえは、親思いの娘でした。そこで、かめからもらった品物をみんな親に渡して、自分はにげることにしたのです。さえは、同じ村の親類の家、知りあいの家、友達の家と泊りあるきましたが、なにぶんにも、海に沿って、小さな家々が、細くしがみつくように立ちならんだ村のことでしたから、にげてもにげても、かめは追ってきました。

「約束忘れちゃいけないよ」

行く先々の家の窓の下で、かめはそう言いながら、なおも、大つぶの玉をつなげた首飾りだの、海のあわのような青い指輪だのを置いてゆきました。

正太郎の婚礼の前の晩に、さえは、とうとう、村をぬけだすことにしました。着のみ着のまま、だれにも告げずに村を出て、暗い夜のなぎさを、さえは走ったのです。日がのぼっても、昼を過ぎても走りつづけ、日暮れどきにやっと、いとばあさんの家にたどりついたのでした。『お仕立てもの』というはり紙の出ている木戸をおして、この家に、ころがりこんだのでした。

「なるほど、そういうわけだったか……」

いとばあさんは、さえの話を聞き終わると、何だかそのへんに、かめがかくれていそうな気がして身ぶるいしました。が、さえが来てから、もう一年が過ぎていることに気がついて、ほっとしました。

「もうだいじょうぶさ。おまえが来てから一年間、なんにもなかったんだから。きっとかめは、あきらめたにちがいない」

ところが、その秋。

やっぱり海いちめんが金色に輝いて見える時刻に、いとばあさんの家の裏木戸が、パタンパタンと鳴りました。だれかぬいものをたのみに来たろうかと思いながら、いとばあさんは、よっこらさと立っていって、ひょいとおもての方をながめました。そして、ぎょっとしたのです。

あけっぱなしの木戸のところに、かめが——たたみ半分ほどもある大がめが、のそりとはいつくばって、その背中には、大きなふろしき包みをのせているのでしたから。ばあさんは、ぎょうてんして、もう少しで腰をぬかすところでした。

かめは、背中にのせたふろしき包みを、うまいぐあいにどさりと地面におろして、低い声でこう言いました。

「急いで着物をぬっておくれ。婚礼用のふりそでや、うちかけや帯をこしらえておくれ。できあがったところで、さえを迎えに来るからね」

「そ、そりゃできないよ」

しぼり出すような声で、ばあさんは、やっとそれだけ言いましたが、このときもうかめの姿は、消えていました。ばあさんは、はだしで木戸のところまで走って行くと、ふるえる手で、かめの置いていったふろしき包みをほどいてみました。するとそこには、これまで見たこともないほどりっぱな絹の反物《たんもの》や帯地が入っていたのです。ばあさんは、それらをそっと広げてみました。

うすい桃色の桜貝が、まるで花のようにちりばめられている反物。青い波の上を、まっ白い千鳥の群れが飛んでいる反物。そうかと思うと、赤いさんごや、ゆらめく緑色の海草が大きくえがかれている反物。そして、まばゆい金銀の帯地……。

こんなに美しいそしてこんなに珍しい衣装を着るのはいったいだれなのか、ばあさんには、すぐわかりました。

(とうとう海がめがやって来た。さえの花嫁衣装を持ってきた)

ばあさんは、心の中でそっとつぶやきました。するともう、胸がどうかするほどドキドキしてきました。これは、気をつけなければいけないと、いとばあさんは思いました。

こんなに美しい布を着物に仕立ててしまったら、たいていの娘は、その着物がほしくて、相手がかめだろうが魚だろうが、どうでもよくなって、お嫁に行く気になるかもしれません。そうです。何やらたしかに、そんな魔力が、この反物には秘められているようでした。

(そうだ。こんな布は、小さく切りきざんでしまうのがいいんだ)

このときふと、ばあさんの頭に、昔おぼえた魔よけのおまじないがうかんできました。

娘時代、さいほうを習っていたころ、ばあさんは、こんな話を聞きました。

魔ものや鬼や、悪い霊にとりつかれた人は、自分の一番大事な反物を一反つぶして、それで、できるだけたくさんの針さしをつくるといいと。その針さしに、新しいぬい針を一本ずつさして、海に流すといいと。

ばあさんは、反物を両手にかかえると、さえの部屋へかけこんで、いきなりこう言いました。

「さえ、針さしの注文がきたよ。この反物全部使って、できるだけたくさんの針さしをつくってほしいといってきたよ」

さえはたたみの上に置かれて夕日をあびている反物を見て、ため息をつきました。

「こんなきれいな反物を、みんな針さしにしてしまうなんて……だれがそんなことを……」

けれども、いとばあさんは、何も言わずに、反物に、いきなりはさみを入れました。

みるみるうちに、どの反物も、小さな四角に切りきざまれて、あたりに散らばりました。ばあさんは、針に糸を通して四角い布を二枚ずつはぎ合わせながら、おこったように、さえに言いました。

「おまえも、さっさと手伝うんだよ。こうしてぬい合わせて、中に、ぬかをひとつかみ入れるんだよ」

いとばあさんは、ぬい合わせた四角い袋の中に、ぬかを入れて、とじ合わせました。

「さあ早くしなさい。こういう仕事は、できるだけ早くすることだ」

さえは、しばらくのあいだ、あっけにとられていましたが、うなずいて、自分も手伝いはじめました。こうして、つぎつぎに新しい針さしができてゆきました。

桜貝の散っている針さし

白い鳥の飛んでいる針さし
赤いさんごの色の針さし
日の光のような金色の針さし

ほんの二日か三日のうちに、色とりどりの美しい針さしが、百も二百もできあがりました。

いとばあさんは、それに、新しいぬい針を一本ずつさすと、大きなふろしきに包んで、海へ持っていったのです。

ふろしきいっぱいの針さしを、いとばあさんは、高いがけから、力いっぱい海にほうり投げました。

たくさんの針さしは、まるで花ふぶきのように海の上に散らばり、やがて、白い波にのまれて消えてゆきました。

ほんの、一瞬のできごとでした。

このおまじないがきいたのか、それっきりかめは、さえの所に来ませんでした。

けれどもさえは、そのあと、かめの嘆きの声を聞くようになりました。夜ふけて、波がどーっとおし寄せるとき、その音にまじって、

約束忘れちゃいけないよ
約束忘れちゃいけないよ

と、かめが、さけぶのをたしかに聞きました。その声が耳について、さえは眠れないこともありました。

「あたしはかめを裏切った……」

その思いが、いつまでも、さえの胸に残ったのです。

さえはそれからあと、決して美しい着物を着ませんでした。そしてだれにも嫁《とつ》がず、いとばあさんの家で、いつもうつむいて、ひとの晴れ着やら、花嫁衣装やらをぬう娘になりました。

だれにも見えないベランダ

Awa Naoko FANTASY

ある町に、とても気のいい大工さんがいました。

この人は、どんな仕事でも、たのまれたら、気軽に引きうけました。たとえば、こんなぐあいです。

「大工さん、うちの台所に、たなをひとつつくってほしいの」

「はいはい、おやすいことですよ」

「きのうのあらしで、へいがこわれてしまってねえ。なんとかならないかしら」

「それはお困りでしょう。急いで、なおしてあげましょう」

「子供が、うさぎを飼いたがっているの。それで、ちょっとした小屋が、ほしいんだけれど」

「ああ、ひまをみて、つくっておいてあげましょう」

大工さんは、まだとても若かったのですが、なかなかりっぱなうでをしていました。その気になれば、大きな家を一軒建てることだって、できたのでした。が、なにしろ、たいへんなお人よしでしたから、いつでも、報酬《ほうしゅう》のない、ちょっとしたたのまれ仕事に追われていました。そして、そのために、大工さんは、いつも貧乏でした。

さて、ある晩のこと。

大工さんがねている二階の部屋の窓ガラスを、トントントンとたたいて、一匹のねこがやって来ました。

「大工さん、こんばんは。ちょっと、起きてくださいな」

ねこは、とても礼儀正しくあいさつしました。窓のむこうには、まんまるの月が出ていて、その月にむかって、ねこは、しっぽを、ぴいんと立てていました。

まっ白いねこでした。ふたつの目は、オリーブの実のような緑色で、その目にじっと見つめられたとき、大工さんの体は、ぷるんと、ふるえました。

「いったい、どこのねこだい？」

「どこのって、のらですよ」

「のらねこ……それにしちゃ、ずいぶんきれいな毛なみしてるねえ」

「ええ。特別に、おめかししてきたんです。特別のお願いがありましてね」

「ほう、そりゃまた、どういうことだろう」

大工さんは、窓を細くあけました。冷たい風が、ぴゅーんとふきこんできて、その風の中で、白いのらねこは、りんとした声で、ひと息に言いました。

「ベランダをひとつ、つくってほしいんです」

大工さんはあきれて、

「ねこが、ベランダを！」と、さけびました。

「また、ずいぶんぜいたくな話じゃないか」

するとねこは首をふりました。

「いいえ。ぼくが使うんじゃありません。お世話になっている娘さんのために、お願いしてるんです。ベランダの大きさは、一メートル四方、色は空色、場所は、かしわ通りの七番地。裏通りの小さいアパートの二階です。白いカーテンのかかっている部屋です」

そう言い終わると、ねこの姿は、するりと、となりの屋根にとび移って、まるで、やみの中にとけるように、消えてしまいました。あとには、月の光が、しとしとと落ちて、かわらの屋根を、一面の海のように見せていました。大工さんは、ほーっと白い息をはいて、今のは夢ではないかしらと思いました。それにしても、ねこにまで仕事をたのまれるなんて、これはどうしたことだろう。自分のうでまえは、動物にまで評判だというのかしらん……そんなふうに思っているうちに、いつか体がほかほかしてきて、大工さんは、やさしい夢の中に、とっぷりと落ちてゆきました。

ところが翌朝、大工さんが、窓をガラリとあけますと、電線に一列にとまっていたすずめが、声をそろえて言ったのです。

「ベランダをつくってくれますね。大きさは一メートル四方、色は空色、場所は、かしわ通りの七番地」

大工さんが、道具ぶくろをかついで、道を歩いていますと、今度は、木の下で、遊んでいた鳩が言いました。

「ベランダを、つくってくれますね。あたしたちの大好きな娘さんのために。場所は、かしわ通りの七番地」

大工さんは、何だか頭が、くらくらしてきました。

(どうしたことだ。急に、ねこだの鳥だのの言葉が、わかるようになって……)

そう思いながら、大工さんの足は、ひとりでに、かしわ通りの方へ、むかっていました。

かしわ通りの七番地に、たしかにそのアパートは、ありました。

高いビルのうしろの建物でした。二階の、いちばんはしっこの窓に、白いカーテンが、かかっていました。

「なるほど、ねこの言ったとおりだ」

大工さんは、感心して、その窓を見あげました。

(だけど、いいんだろうか。かってに、ベランダなんかこしらえて、アパートの持ち主にしかられやしないだろうか)

そんなふうに思っていますと、どうでしょう、

「ちっとも心配いりません」

という声がして、ゆうべのねこが、アパートの屋根の上に、ちゃんとすわっているじゃありませんか。ねこは、上きげんで、こんなことを言いました。

「ベランダを、空の色と同じにするんです。それから、ぼくが、ちょっとばかりおまじないをします。そうするとね、ベランダは、だれにも見えなくなります。つまりね、内側からしか見えないベランダができあがるんです」

ねこは、片手で、ぺろりと顔をひとなですると、

「さあさあ、どうぞ仕事を、はじめてください。娘さんは、今るすです。昼間は働きに行ってるんです。夜になって、もどってきたら、あっと驚かせてあげたいんです。なにしろ、ぼくたち、これまでとてもあの人のお世話になってきたんですから。あの

人は、自分が、ごはんを食べないでも、ぼくや鳥たちに、えさをくれました。ぼくが、けがをしたときには、薬をぬってくれました。すずめのひなが、巣から落ちたときには、ひろって大事に育ててくれました。だから、そのお礼に、この殺風景《さっぷうけい》な窓に、いつかすてきなベランダをつくってあげたいって……」

そこまで聞いて、大工さんはもう、この話に、のり気になりました。

「よし、引きうけた。うちに、古い材木があったっけ。あれを使って、とびきりかわいいのを、つくってあげよう」

さっそく、大工さんは、仕事にかかりました。材木を運んできて、ていねいに、カンナをかけて、寸法をはかって、のこぎりをひいて、屋根にのぼって、トントントンと、金づちを鳴らします。

こうして、ビルのうしろの、日当たりの悪いアパートの窓に、大工さんが、空色のベランダをつくりあげたのは、もう夕暮れどきでした。まるで、おもちゃのように小さな、ペンキぬりたてのベランダでした。

やれやれと思いながら、大工さんは、あとかたづけをして、はしごをおりはじめました。すると、屋根のあたりから、ねこのこんな歌声が聞こえてきました。

野菜もとれれば花も咲く
星にも雲にも手がとどく
だれにも見えないすてきなベランダ

大工さんは、急いで地面におりると上を向いて、たった今こしらえたベランダを見ようとしました。けれども、ああ、ねこの言ったとおりです。ベランダは、影もかたちもなく、見えるものといったら、屋根ばかり。

大工さんは、何度も頭をふりました。目をこすりました。それから、こう思いました。

(いったい、どんな娘さんが、あの窓をあけるんだろう)

もうほの暗くなった横町《よこちょう》の、石のへいにもたれて、大工さんは、たばこに火をつけました。そして、娘さんの帰りを待ちました。へいにもたれて、たばこをすうなんて、何だかいやなかっこうだなと思いながら、それでも、大工さんは、ちょっとの間も、目をアパートの窓からはなすことができませんでした。

とっぷりと日が暮れて、あたりに、夕食のにおいがたちこめるころ、あの窓に、ぽっとあかりがともりました。白いカーテンがゆれて、ガラス窓があきました。そして、髪の長い娘が、顔を出したのです。

一瞬、娘は、とても驚いたように、屋根の上を見わたしていましたが、やがて、

「なんて、すてきなベランダ！」

と、さけびました。それから、両手を高く伸ばして、こんなことを言いました。

「一番星さん、こっちへおいで
夕焼け雲さん、こっちへおいで」

それから娘は、その白い手の中に、星や雲をしっかりとつかんだように、しあわせそうな顔をしました。

それから何ヵ月過ぎたでしょう。

寒い冬が終わって、日ざしが、ほんのりとあたたかくなったころ、大工さんのところに、大きめの小包がひとつ届きました。小包は、空色の紙に包まれていて、やっぱり空色のひもが、かけてありました。

首をかしげて、大工さんが、包みをあけてみますと、中にはまあ、かおりのいい緑の野菜が、どっさりはいっていたのです。

レタスがあります。つまみ菜《な》があります。セロリがあります。芽キャベツがありま

す。パセリがあります。カリフラワーがあります……そして、こんなカードが、そえてありました。

ベランダでとれた野菜です。
ベランダをつくっていただいたお礼です。

大工さんは、目をまるくしました。あのだれにも見えないベランダに、よくまあこれだけの、ほんものの野菜が育ったものです。さっそく、大工さんは、その野菜で、サラダをこしらえてみました。ふしぎなベランダでとれた野菜は、あまく、みずみずしく、ひと口食べるごとに、体がすきとおっていくようでした。

五月になりました。

吹く風が、花と青葉のにおいを運ぶころ、大工さんのところに、中くらいの小包が届きました。

大工さんが、包みをあけてみますと、中には、つややかな赤いいちごが一箱はいっていました。そして、やっぱり、こんなカードが、そえてありました。

ベランダでとれたいちごです。
ベランダをつくっていただいたお礼です。

大工さんは、いちごに、ミルクをたっぷりかけて食べました。いちごは冷たく、かおり高く、ひと口食べるごとに、体が軽くなっていくようでした。

そしてこのとき、大工さんは思ったのです。

どこか遠いところへ行ってみたいなあと。

さばくのまん中に、星までとどく塔を建てたいと願った少年の日の夢が、今、大工さんの胸にふっとよみがえってきました。

屋根しか見えない露地裏《ろじうら》の二階に、たったひとりで住んで、もう何年になるでしょうか。せせこましい仕事場で、軒《のき》と軒のくっつきそうな家をつくりつづけて何年になるでしょうか……ああ、金づちの音が、かーんと、天にも地にもひびきわたる、そんな所へ、飛んでゆきたい……

いちごを食べながら、大工さんの心は、遠い世界へあこがれる思いで、いっぱいになりました。

六月になりました。

降りつづいた雨がやんで、日ざしが、急に、あつくまぶしくなった日、大工さんのところに、また、小包が届きました。

今度は、細長い木の箱で、中には、どっさりの赤いばらが、眠っていました。


ベランダで咲いたばらです。

ベランダをつくっていただいたお礼です。


大工さんは、ばらの花を、自分の部屋にかざりました。そして、その夜は、花のかおりにつつまれて眠りました。

コツコツと、だれかが窓をたたく、かすかな音で、大工さんは、目をさましました。部屋は、むせかえるほどの、ばらのにおいでした。そして、窓の外には、いつかの白いねこが、ちんまりすわって、こっちを見ていたのです。

ねこは静かに言いました。

「大工さん、おむかえに来ました。空色のベランダにのって、遠いところへ行きませんか」

「遠いところへ……？」

大工さんが、ふっと外を見ると、これはまあ、いつかこしらえた空色のベランダが、まるで船みたいに、空にうかんでいるじゃありませんか。それも、大工さんの二階の窓のすぐ近く、手を伸ばせば、とどきそうなところに。

空色のベランダには、いくつもの大きな植木ばちが置かれて、紅《べに》ばらが咲きあふれていました。ばらのつるは、ベランダの手すりにもからみついて、小さいつぼみの花をつけていました。

そして、咲きこぼれる花の中に長い髪の娘が立って、大工さんに、手をふっているのです。娘の肩には、たくさんの鳩がとまっていました。すずめの群れが、ばらの葉を、ついばんでいました。

大工さんの心は、ぱっと明るくなりました。いいようのない喜びで、胸が、ことことと、おどりました。

「よし、行こう！」

大工さんは、ねこをだき上げると、パジャマのまま、窓から外へとび出しました。屋根の上を歩いていって、ひょいと、ベランダにのり移りました。

すると、ベランダは、まるで宇宙船のように動きはじめました。星や月や、夜空にたなびく、むらさき色の雲にむかって、ゆっくりと、飛んでゆきました。そして、いつかほんとうに、だれにも見えなくなりました。

小さい金の針

Awa Naoko FANTASY

おばあさんの針箱は、古い大きなバスケットです。

ずっとむかし、おばあさんは、およめに来るときに、そのバスケットを持ってきました。それからおばあさんは、この針箱で、子供たちの着物をぬったり、ふとんをぬったり、くつしたにつぎをあてたり、カーテンをこしらえたりしました。いまではすっかり黒ずんで、ところどころ穴のあいたそのバスケットを、おばあさんは、まだたいせつにしていました。

バスケットの中には、小さな赤い針さしと、鈴のついたはさみと、赤と白と黒の糸を巻いた三つの糸巻きと、そして、ボタンを入れた小箱がはいっています。針さしには、おばあさんが、およめに来るとき持ってきた、大きい針が三本、小さい針が三本、二列にきちんとならんでささっています。

仕事が終わったあと、おばあさんは、必ず針の数を数えました。

小さい針が、ひいふうみい、
大きい針が、ひいふうみい、

細い目を、しょぼしょぼさせながら、おばあさんは、こう歌いました。

どの針もどの針も、銀色でした。

ところが、ある日のこと。

おばあさんは、自分の針さしに、見たことのない小さい金色の針が一本ささっているのに気がつきました。

「あれま」

おばあさんは、目を、よくよく針さしに近づけてみました。それから、これは、お日さまの光だろうかと思って、針さしごとつまみあげてみました。けれど、やっぱり、一本の針だったのです。

「だれだろう……」

おばあさんは、考えこみました。

「わたしの針さしに、こんな針をさしていくなんて」

おばあさんは、金の針を、そっと手にとってみました。

「針の数がふえるなんて、これまで一度もなかったのに」

頭をふりふり、おばあさんは、金の針を、針さしにもどしました。

それからというもの、おばあさんは、針仕事のあとで、こう歌わなければならなくなりました。

小さい針が　ひいふうみい
大きい針が　ひいふうみい
おまけに、金の針が、ひい

さて、ある晩のこと。

おばあさんは、とこにはいってから、小さい孫娘に、人形の服をこしらえてあげる約束をしていたのを思い出しました。

「そうそう、あしたまでの約束だった」

眠れない夜でしたので、おばあさんは、むっくり起きあがりました。

「どれ、今夜のうちに、つくっておこう」

そうして、電気をつけようとして、おばあさんは、ふと手をとめました。まっ暗やみの部屋のすみっこが、なんだかふしぎな感じに明るかったからです。ぽおっと青く、まるで、とても小さな星がひとつ落ちてきたように。

それは、針箱のある場所でした。

そう、あのバスケットの小さなわれ目から、青い光は、こぼれていたのです。

「まあ、針箱の中に、電気がついてる」

急に、おばあさんは、楽しくなりました。めったにないようなすてきなことが、これから始まるような気がしてきました。胸をわくわくさせながら、おばあさんは、針箱のほうへ、近づいていきました。それから、そおっと、ふたをあけてみたのです。

すると、これはまあ。

針さしとボタンの箱のあいだの、ちょっとした「ひろば」に、小さい青いランプが、花のようにともっていたのでした。そして、そのランプの光に照らされて、とても小さな白いねずみが、針仕事をしていたのです。ねずみは、胸あてつきのエプロンをかけていました。

(まあ、おどろいた)

おばあさんは、細い目をまんまるにしました。

白ねずみは、バスケットの中に、ちんまりとすわって、あの金の針に、糸を通しているところでした。

「あんただったの。あたしの針さしに、金の針を忘れたのは」

と、おばあさんは、さけびました。その声があんまり大きかったものですから、ねずみは、もう、どうかするほどおどろいて、長いしっぽをぶるぶるふるわせました。それから、ぴょんとひとつとびあがると、こんなことを言いだしました。

「はい、うちには、針さしがないものですから、それで、それで、毎晩、ここでぬいものをさせてもらいました。で、でもね、あとは、なんにも、ごめいわくをかけていません。糸だって針だってランプだって、みんな自分で持ってきました。それに、それに……」

「いいんですよ。針さしぐらい、いくらでも、お貸ししますよ」

これを聞いて、白ねずみは、うれしそうにおじぎをしました。一回だけではたりなくて、何度も何度もおじぎをしました。

「ところで、ねずみのおくさん、あなたはいったい、なにをぬっているんです？」

おばあさんが、そうたずねますと、ねずみは、答えました。

「くつなんです」と。

おばあさんは、おどろいてしまいました。ぬいものじょうずのおばあさんも、くつだけは、ぬったことがありませんでしたから。

「まあ、くつを！」

おばあさんは、目を近づけて、ねずみの仕事ぶりをながめました。

小さなくつのかたちに切った、茶色い皮を、ねずみは、じょうずに、ぬい合わせているのでした。

「これ、クリの皮です。クリの皮を、ゆでて、三日三晩水につけて、月の光でかわかしました」

と、ねずみは言いました。

「まあまあ、そりゃ、たいへんでしたねえ」

「ええ、でも、クリの皮でつくったくつは、そりゃ軽くて、はきごこちがいいんです。あたしは、こういうくつを、全部で十二足こしらえなきゃならないんです」

「それはまた、どうして……」

「だって、うちは、十二人家族ですから」

「なるほど。で、なんだって、ねずみが、くつなんかはくんです？」

すると、ねずみのおくさんは、急に声を小さくして、

「じつはね、ひっこしをするもんですから」

と、言いました。

「ひっこしを……」

「ええ。これまであたしたち、ながいこと、こちらの屋根裏にすまわせていただいてましたけど、こんど、遠い森に、新しいうちがみつかりましてね、それで、旅に出かけることになりました」

「まあ、それはそれは……」

おばあさんは、大きな口をあけました。

おばあさんは、これまでちっとも知らなかったのです。自分のうちの屋根裏に、白ねずみの一家がすんでいたなんて。そして、そのねずみたちが、人間なみに、くつをはくなんて。

ねずみのおくさんは、続けました。

「ひっこしの支度《したく》は、もうすっかりできて、あとは、くつだけなんです。なにしろ、とてもたくさん、歩かなけりゃなりませんからね。その森は、山を七つ、川を七つ、野原を七つもこえたところにあるんです。クリの皮のくつで、ながいこと歩きつづけて、くつがやぶけたころに、やっとたどりつくような、遠いところなんです」

「そんな遠くへ、わざわざひっこしていかなくたって、おくさん」

おばあさんは、口の中でモゴモゴとつぶやきました。すると、白ねずみの小さな目は、キラキラとかがやきはじめました。

「いいえ。そこには、あたしたちのなかまが、おおぜいすんでいましてねえ。ときどき、手紙が来るんです。ことしは、コケモモの実がどっさりとれましたとか、きれいな水がわいて、いい風がふいてますとか、小さい白いばらが、いっぱい咲きましたとか」

おしゃべりをしながらも、白ねずみのおくさんの手は、ちっともとまりません。金の針は、まるで生きもののように、クリの皮の上を、チクチクと走りまわります。

おばあさんは、すっかり感心して、

「あんたは、たいしたうでまえだ」

と、さけびました。

ねずみのおくさんは、白い糸切り歯で、ぷつりと糸を切りました。それから、ゆっくり首をふって、

「いいえいいえ、たいしたことはありません。まだほんのまねごとです」

と、けんそんしました。

その夜の仕事が終わると、ねずみのおくさんは、できたてのくつとランプを持って、帰っていきました。金の針だけ、おばあさんの針さしに残して。

「またあしたの晩来ますから、どうぞ、あずかってください。針は針さしにさしておかないと、すぐさびてしまいますから」

「いいですとも、いいですとも」

おばあさんは、いく度もうなずいて、金の針を、たいせつにあずかってあげました。

小さな茶色のくつは、ひと晩に一足ずつできるのです。

一足できあがるたびに、ねずみのおくさんは、こんなふうに歌いました。

　ほうら一足できあがり
お月さままんまる
道は銀色
野ばらのたくさんさいている
大きな森へ出かけましょう

ねずみは、毎晩この歌を歌いましたから、おばあさんは、すっかりおぼえてしまい、やがて、ねずみといっしょに歌うようになりました。

すると……おばあさんの目に、その大きな森が見えてくるようになりました。風が、緑の木々をゆすっていました。見たことのない白い小さな花が、ほろほろとさきこぼれ、目をつぶると、その花のにおいまでするのです。

「いいねえ……」

おばあさんは、自分もそんなところに小さな家を一けんたてて、木の実でジャムをにたり、クリやクルミの砂糖づけをつくったり、白い花の下でひるねをしたりして、くらしてみたいと思いました。

やがて、十二足のくつがすっかりできあがりました。最後の晩に、ねずみのおくさんは、こんなことを言いました。

「おばあさん、おせわになりました。お礼に、この針を、置いてゆきます」

「おや、ほんとですか」

おばあさんは、めがねをかけなおしました。

「それはまあ、ほんとにまあ、こんなきれいな針がわたしのものになるなんて、まあまあ」

おばあさんは、うれしくてたまりません。金の針を、そっとつまみあげて、月の光にかざしてみました。それから首をかしげて、

「あしたから、この針で、なにをぬおうかしらねえ」

と、言いました。

つぎの日、おばあさんの目は、キラキラかがやいていました。もうながいあいだ、おばあさんの部屋の窓には、カーテンがなかったのです。

おばあさんは、たんすの引き出しをあけて、とっておきの白いきれをとり出しました。それは、全部で十メートルもあったでしょうか、ずっとむかし、まだ若いころに、どっさり買っておいたものでした。そのきれを、大きなはさみで、カーテンの大きさに切って、しるしをつけて、さあ、いよいよ、あの金の針に糸を通そうとしたときです。

めがねをかけていないおばあさんの目に、針の穴が、はっきりと見えました。細い糸は、金の針の小さな穴に、一度でするりとはいってしまったのです。

「なんてすてきなことだろう」

さあ、それから、おばあさんが、ぬいものをはじめますと、針はすべるように、布

の上をすすみはじめました。そのはやいことといったら、おばあさんの指が、針のあとを、大急ぎで追いかけていくといったぐあいです。

「これはまあ、ミシンよりはやいよ」

と、おばあさんは、さけびました。

こうして、たちまちのうちに、一枚のカーテンが、ぬいあがってしまいました。おばあさんは、すっかりいい気持ちになって、大きな声で歌いました。

ほうら一枚できあがり
お月さままんまる
道は銀色
野ばらのたくさんさいている
大きな森へ出かけましょう

おばあさんは、はりきりました。そして、自分の部屋に、もっとたくさんのカーテンをかけることにしたのです。

「北がわの窓にもかけましょう。部屋の入り口にも、一枚ほしいし、あそこのとだなにも小さいのを一枚つけましょう。それから……」

ほんとうのところ、おばあさんは、カーテンをかけることよりも、こしらえることのほうが、楽しかったのです。金の針が、白い布の上を、日の光のようにはやくすすんでいくのが、楽しくてならなかったのです。

おばあさんは、一日一枚ずつカーテンをこしらえました。こうしていつか、おばあさんの部屋は、いちめんの白いカーテンにかこまれました。


さて、ある晩のこと。

その夜、おばあさんは、なんだかとてもいい気持ちにつかれていました。電気を消して、とこにはいって、とろとろとねむりかけたときです。

どこからともなく、さわやかな風がふいてきて、まわりのカーテンが、ふうっと、ふくらんだような気がしました。それから、ねむっているおばあさんの目の上に月の光がさしてきて、なんだか、銀の粉でもふりかけられるように、まぶしくてたまらなくなってきました。

（おかしいね、雨戸は、しめて寝たのに）

と、おばあさんは、思いました。

ところが、こんどは、花のにおいがしてきたのです。

(これは、ばらのにおいだろうか……)

そう思っていますと、モミの木のにおいもしました。それから木の葉が、風にさやぐ音と、せせらぎの音、小さな動物たちの動きまわるけはい……。

おばあさんは、びっくりして起きあがりました。すると、こんな歌が聞こえてきたのです。

電気をつければ、ただのカーテン
電気を消せば、森の中

おばあさんは、あたりを見まわして、

「あれあれ」

と、大きな声をあげました。

おばあさんは、月夜の森の中に、たったひとりで寝ていたのでしたから。

おばあさんのまわりは、うっそうと生いしげった木々でした。

(カーテンは、どこだ。たんすは？　とだなは？)

けれども、そんなものは、どこにもないのでした。おばあさんは、じっと目をこらして、あたりをうかがいました。

と、そのしずまりかえった木々のあいだに、ちらちらと、白いものが動きはじめ、たちまち、おばあさんの目のまえに、たくさんの白いねずみが、あらわれました。そのなかの一ぴきが、おばあさんのそばによってきて、こんなことを言いました。

「おばあさん、このあいだは、お世話になりました」

おばあさんは、目をしばしばさせて、

「まあ、白ねずみのおくさん！」

と、さけびました。ねずみのおくさんは、ふとっただんなと、十ぴきの子ねずみを、おばあさんにしょうかいしました。

そのあと、つぎつぎに、いとこのねずみだの、はとこのねずみだの、そのまた親類だのを、しょうかいしましたから、おばあさんは、そのたびにおじぎをして、おしまいには、頭がくらくらしてきました。

白ねずみのだんなは、白いひげをピンと立てていました。そして、両手いっぱいに持ったカードを、とくいそうにおばあさんに見せて、

「トランプどうですか」

と、言いました。気がつくと、ねずみたちは、もう大きな輪になって、すわっているのです。

「トランプなんて、わたしは、ひとつも知らないし……」

おばあさんが、そう言いかけますと、ねずみのだんなは、

「なあに、かんたんです。カードをまわせばいいんです。となりから受けとって、となりへまわせばいいんです」

そう言いながら、カードを、みんなに配りはじめました。そこでしかたなく、おばあさんも、輪の中にはいりました。

カードを受けとったねずみは、こっそりとそれをながめて、しんけんな顔つきで、考えこんだり、うーんとうなったりしました。おばあさんも、自分に配られたカードを、じっとながめましたが、それは、ただの白い紙でした。

「これは、どういうわけでしょうねえ」

おばあさんは、となりのねずみに、自分のカードを見せました。すると、そのねずみは、おこったような顔で、

「しーっ。ひとに見せちゃいけません」

と、言いました。

こんなふうで、なんだかさっぱりわけのわからない遊びを、おばあさんは続けました。ねずみのまねをして、カードを、となりから受けとって、となりへまわしました。そうして、しばらくすると、ねずみたちは、急にキャーキャーさわぎだして、だれが勝ったとか、負けたとか、くちぐちに言いだしました。が、おばあさんには、やっぱりよくわかりませんでした。

トランプのあとは、お茶の会でした。コケモモのジャムのはいった、あつい紅茶が、配られました。クルミのはいったビスケットも、まわってきました。どちらも、なかなかおいしかったので、おばあさんは、やっぱり森のくらしはいいなあと思いました。

そのうちに、あたりは、だんだん明るくなってきました。空が、ほんのりとバラ色にそまり、小鳥の声が聞こえ、まぶしい朝の光に、ねずみたちの姿が、すこしかすんで見えました。

と、また、あの歌が聞こえてきたのです。

お日さまのぼればただのカーテン
お日さましずめば森の中

気がついたとき、おばあさんは、自分の部屋の、ふとんの上にすわっていました。はりめぐらされた白いカーテンのすきまから、朝の光が、こぼれていました。おばあさんは、よろよろと立ちあがってカーテンをあけました。すると、このとき、おばあさんのたもとから、とても小さな四角い紙が一枚、ぽろりと落ちたのです。

なんと、ゆうべのトランプでした。

「まあ、ねずみのトランプを、持ってきてしまった」

おばあさんは、カードを、裏がえしてみました。するとそこには、小さな金色のもじで、こう書いてありました。

> やっぱり
> 金の針
> 返して　ください

おばあさんはおどろいて、針箱にかけよると、ふたをあけてみました。

針さしにささっていたのは、小さい銀の針が三本、大きい銀の針が三本。ただそれだけでした。

日の光のように美しかった金の針は、もうどこにもありませんでした。

星のおはじき

Awa Naoko FANTASY

はじめは、そんなことするつもり、ぜんぜんありませんでした。あやちゃんのおはじきを、ほんのちょっとだけ見せてもらうつもりでした。ぬすむなんて、そんな悪いこと、ぜんぜん考えていませんでした。

それなのに、気がついたら、わたしは、あやちゃんのおはじきを三つ、右手にしっかりにぎっていて、それを、するりとスカートのポケットのなかにいれてしまったのです。

だって、あやちゃんのおはじき、あんまりきれいで、あんまりめずらしかったから……。

ガラスのなかに星のはいったおはじきなんて、いったい、どこのお店で売っているでしょう……。

あの朝、学校であやちゃんが、赤い布の袋から、たくさんのおはじきをざらざらっと机の上にだしたとき、女の子はみんな、あやちゃんの机のまわりに集まりました。そして、口ぐちに、きれい、きれい、さわらせて、といいながら、おはじきをつまんだり、てのひらにのせたりしていたのです。わたしも、まねをして、おはじきにさわろうとしたら、あやちゃんはいきなり、

「さわらないで！」

と、いいました。それから、顔をしかめて、とてもいやそうに、

「あなたがさわると、よごれるわ」

と、いいました。わたしは、心のなかが、すうっと青くなるような気がしました。それから、指さきが、凍《こお》ってゆくような気がしました。お友だちは、みんなだまっていました。それから何人かが、ひそひそ話をして、あたりがなんだか、いやあな感じになったとき、かねが鳴ったので、みんな席につきました。

そのつぎの国語の時間は、先生の声が、ぜんぜん耳にはいりませんでした。給食も、おいしくありませんでした。お友だちは、楽しそうにさわいでいたけれど、わたしは、さばくのなかに、たったひとりですわっているような気がしました。昼休みに、図書室に本をかえしにいって、もどってみたら、教室にはだれもいませんでした。わたしも校庭へでようと思ったとき、ふと、あやちゃんの机の上におきわすれら

れた赤い袋を見つけたのです。思わずわたしはかけよって、その袋を手にとってみました。それから、そっとあけて、なかをのぞくと、そこはもう、銀色の星でいっぱい！

わたしは、ふーっと、夢をみているような気持ちになって、星を三つとりだして、ポケットにいれてしまったのです。それから、校庭へでようかと思ったけれど、クラスの人たちに会うのがいやで、また図書室へいって、かねが鳴るまで本を見ていました。

赤い袋のなかから、おはじきが三つなくなったことに、あやちゃんは、ぜんぜん気づいていないようでした。わたしは、学校にいるあいだ、ときどきポケットに手をいれて、おはじきの冷たいまるい感じをたしかめていました。そうして、とうとう、そのまま家にかえってしまったのです。

わたしの家は、学校のうらにあります。川のほとりの小さな古い家です。わたしはそこに、おばあちゃんと、たったふたりでくらしています。

おとうさんと、おかあさんは？

どうしていないの？

ものごころついてからいままで、わたしは、いやになるほどこの質問をうけてきました。

「おとうさんは、働きにいってるの。おかあさんは、わたしが小さいときに、死んだの」

わたしは、すらすらと、そう答えることになれていました。でも、おばあちゃんは、目が悪いので、わたしが小さいとき、わたしの服装をきちんとしてくれることができませんでした。それでわたしは、よごれた服をきたり、くしゃくしゃの髪をしたりして、学校へいったのです。そのときのお友だちの悪口が、いまも続いています。わたしはいま、大きくなって、自分の身のまわりのことは、きちんとしているつもりなのに、お友だちはまだ、きたない、きたないというのです。

でもわたしは、そんな悪口には負けないでいたいと思います。なにをいわれたって平気で口笛ふいて、いつも明るく生きている……そんな女の子でいたいと思っているのです。でも、ほんとうのところ、それは、ずいぶんむずかしいことです。

わたしの家の窓から、大きな柳の木が見えます。長くたれさがった柳の枝は、風がふくと、ゆらゆらゆれて、ふと、女の人のすがたのように見えます。雨の日に、女の人は泣いているように見えます。のどかな春の朝、女の人はわらっているように見えます。そんな木のすがたを見ながら、おばあちゃんはよく、

「柳はいいねえ、さわやかで」

と、いいます。おばあちゃんは、『柳に風』ということばが大好きです。

「それ、どういう意味？」

と、いつか、わたしがたずねたら、おばあちゃんはにっこりわらって、

「人のいうことを、いちいち気にしないってことだよ」

と、いいました。そしてわたしが、学校で悪口いわれても、近所のおばさんが、わたしの家のことで、へんなことをいっても、『柳に風』で生きてゆくことが一番いいのだといいます。でもそれは、やっぱりむずかしいことです。わたしは、うちの窓から柳の木を見るたびに、

「やなぎさん、あなたは、えらいのねえ」

と、いいます。どんなに強い風がふいても、ちっともさからわないで、風といっしょにゆれて、それでいて、いつもしっかりとたっているからです。

柳の木の上に、一番星がでるときが、わたしは一番好きです。暮れのこりの夕空が、まだほんのりと赤くて、そこにぽつりと光る星は、まるで、わたしだけのものみたいに見えるのです。わたしだけに、またたいている星……。でも、きょうはその星があと三つ、わたしのポケットのなかに沈んでいるのです。

星のおはじき……。

わたしは、あのおはじきを、そっととりだして、机の上にのせました。おはじきのなかの星は、青くすきとおっていました。そして、わたしの大好きな一番星とおなじ感じに光っていました。わたしは、その星を長いことながめてから、あしたそっと、あやちゃんの机のなかにかえしておこうと思いました。

ところが、いったんだまってもちだした物を、元のところにかえすのって、むずかしいものです。わたしは、毎日、ポケットのなかに、ガラスのおはじきをしのばせて学校へいきましたけれど、とうとうかえすことができませんでした。

(おはじきの三つぐらい、もらっちゃえばいい)

わたしの心のどこかで、そうささやく声がありました。でも、そのあとすぐに、

(おはじき三つだって、どろぼうだ)

という声が追いかけてきました。するとわたしは、苦しくてならなくなりました。

この星のおはじきのことを知っているのは、わたしと、それから、窓のそとの柳の木だけです。

「やなぎさん、やなぎさん」

わたしは、そっと、柳の木によびかけてみました。

「このおはじき、どうしたらいいかしら」

　すると、柳の木は、若葉でおおわれた長い枝を、さらさらとゆすりました。そして、『柳に風』みたいに、やさしく、おおらかにわらいました。心配しなくていいといっているようでした。

「やなぎさん、やなぎさん、これずっと、もっていていいかしら」

　星のおはじきを高くかざして、わたしは、もう一度よびかけました。

　すると、このとき、わたしの耳に、柳の声がきこえてきたのです。

「わたしが、あずかってあげる」と。

「ええ？」

　わたしは、びっくりして、柳の木を見上げました。それから、家をとびだして、柳の木のそばまで、かけていったのです。

　わたしがそばへいくと、柳の木はほんとうにわらいました。風もないのに、ころころとわらって、

　　気にしなくていい
　　気にしなくていい

もうわすれてしまいなさい
わたしがあずかってあげるから
おはじき三つと、あなたの心
わたしがあずかってあげるから

と、きれいなソプラノで歌いました。それはまるで、おかあさんの声のように思われました。

「ほんと?」

思わずわたしは、柳の木にかけよって、その大きな幹を、両手でだきました。幹にそっと、耳をつけてみました。すると、木のなかから、ほんとうにほんとうに、ソプラノの声がきこえてきたのです。

「わたしが、あずかってあげるから」と。

「どこに……どこにあずかってくれるの……」

わたしは、おはじきを、てのひらにのせて、木を見上げました。木は小さい声で、まるで、ないしょ話をするように、

「わたしの根もとにうめなさい」

と、いいました。

わたしは、小さなシャベルをもってきて、しゃがんで柳の木の下に穴をほりました。深い深い穴をほって、そこにおはじきを三つうめました。それは、小さいときにひとりでした、金魚のお葬式や、小鳥のお葬式ににていました。

川の音が、やさしくひびいていました。

それから、すこしずつ、わたしは、おはじきのことをわすれてゆきました。

柳の木って、ふしぎです。

ほんとうに、おおらかな、おかあさんみたいです。木のおかあさんは、わたしの心のなかの黒いしみを、そっとふきとってくれました。

それからわたしは、まえよりすこし明るい子になって、何ヵ月かすぎました。

秋になりました。

小さな川が音高く流れ、キンモクセイのかおりが、あたり一面にただようころ、わたしは、柳の木の下に、小さな花が咲いているのを見つけました。それはちょうど、わたしが、おはじきをうめたあたりでした。しゃがんでよくよくながめると、星のかたちをした青い花が二輪。そして、三輪めの、小さなつぼみは、ふくらみかけていました。

わたしは、はっとしました。いつかうめたおはじきから芽がでて、花が咲いたと、ほんとうにもう、そうとしか思えなかったからです。

「やなぎさん、やなぎさん、これ、おはじきの花かしら」

柳の木に耳をつけて、わたしはそっとたずねました。すると、やっぱり、柳の木のなかから、ソプラノのわらい声がきこえてきました。木は、長い髪の毛をゆすって、うなずいて、そうです、そうですといっているようでした。

海からの電話

Awa Naoko FANTASY

海へギターを持っていって、忘れて帰ってきてしまった人がいます。いいえ、忘れたのじゃなくて、置いてきたのだと、その人は言いました。いつかは返してもらうつもりで、海にあずけてきたのだと。

その人は、松原さんといって、音楽学校の学生です。

松原さんのギターは、まだ買いたてで、つやつやしたくり色で、糸をはじくと、ぽろんと、朝つゆのこぼれるような、いい音が出るのでした。

そのギターを、海辺の砂の上に置いて、松原さんは、ちょっと昼寝をしたのです。ほんの五分か十分、とろとろっと眠っただけなのです。それからはっと目をさましたとき、もうギターは、こわれていました。ギターの六本の糸が、みんな切れていたのです。

あのときほどびっくりしたことはないと、松原さんは言いました。

「だって、まわりにはだれひとりいなかったんですからねえ」

そうです。あれは、夏のはじめの、まだだれもいない海でした。まっ青な海と、足あとのない砂浜ばかりが、どこまでも続いていて、動いているものといったら、空を飛んでいる鳥ぐらいでした。それでも、松原さんは、大声でどなってみたのです。

「だれだ！　こんなことしたのは」

すると、思いがけなく近いところで、とても小さな声が、

「ごめんなさい」と、言いました。

松原さんは、きょろきょろと、あたりを見まわしましたが、だれもいません。

「だれだ！　どこにいるんだー」

すると、今度は、別の小さな声が、

「すみませんでした」

と、言いました。それに続いて、あとからあとから、たくさんの声が聞こえてきたのです。

「ちょっとさわってみただけなんです」

「ぼくたちも、音楽をやってみたかったんです」

「こわすつもりなんか、ひとつもなかったんです」

「そうなんです。ちょっと、ドレミファだけ、やってみたんです」

松原さんは、かんしゃくをおこして、

「だから、だれなんだー」

と、かみなりのような声をあげました。でも、海という所は、いくら大きな声を出しても、ちっともひびかないし、いくらおこってみても、お日さまは、トマトみたいな色をして笑っているだけ、波はやさしくちぢれて、ざざんざざんと歌っているだけなのでした。

松原さんは、めがねをはずして、はっはっと息をかけて、ハンカチでみがきました。それから、みがきたてのめがねをかけなおして、よくよく砂の上をさがしたのです。

すると、……ああ、やっとわかりました。

こわれたギターのすぐうしろに、とても小さな赤いカニが、どっさりいたのです。小さなカニたちは、一列にならんで、おじぎをしているように見えました。

「どうも、申しわけありませんでした」

声をそろえて、カニたちは、あやまりました。それから、一匹ずつ、こんなことを言いだしたのです。

「なにしろわれわれ、手にはさみなんかついているものですから」

「こわすつもりなんか、ひとつつもないのに、ちょっとさわっただけで……」

「そう。ちょっとさわっただけで、ばらんばらんと、糸が切れてしまったんです」

「そう。そういうわけなんです」

「ほんとにすみません」

カニたちは、もう一度あやまりました。

「あきれたもんだ」

松原さんは、ぷんぷんおこりました。

「あやまってすむことと、すまないことがあるよ。このギターは、ついこのあいだ買ったばかりなんだぞ。ぼくだってまだ、ろくにひいていないんだ。それを、それを……」

ああ、それにしても、よくまあ、こんなひどいこわし方をしてくれたものだと思って、松原さんは、悲しくなりました。すると一匹が、ギターのむこうがわから、ちょこことと、松原さんの方へ寄ってきて、こう言いました。

「かならず、修繕《しゅうぜん》いたします」

「へ！」

松原さんは、あきれて、肩をすくめました。

「修繕だって？　いちにんまえの口をきくじゃないか。いったいどうやって、切れた糸をつなぐんだい？」

「なんとか考えましょう。みんなで知恵をしぼって考えましょう」

「いくら考えたって、カニの知恵じゃなぁ」

松原さんは、ばかにして、ふんと笑いました。ところが、カニのほうは、おおまじめなのです。

「いえいえ、カニの知恵も、そうばかにしたものじゃありません。昔、ちぎれかけたヨットの帆をぬいあわせて、喜ばれたこともあるんです」

「ヨットの帆と、ギターの糸じゃ、わけがちがうよ。こっちは楽器なんだから。なおしたあとで、ちゃんと元通りの音が出なくちゃいけないんだ」

「はい。そのへんのところは、どうぞおまかせください。われわれみんな、音感はいいほうなんです。あなたさまが、いいとおっしゃるまで、とっくりとやりなおしをさせていただきます」

「そんなことを言ったたって、ぼくはもう、そろそろ帰らなくちゃならないんだよ」

松原さんは、腕時計をながめました。時計は、ちょうど三時でした。すると、カニは、こんなことを言うのです。

「おそれいりますが、このギター、しばらくおあずかりするわけにいきませんでしょうか」

松原さんが黙っていますと、カニは、どんどん話をすすめてゆきます。

「うまくなおりましたら、お電話させていただきます。お電話で、ギターの調子をお聞かせします。そのうえで、よろしいようでしたら、またとりに来てください。まだ音が悪いようでしたら、何度でもやりなおしいたします」

松原さんは、あきれてしまいました。

「カニが、どうやって電話をかけるんだい。そんな小さな体して、どうやってダイヤル回すんだい？」

すると、ギターのむこうがわのカニたちが、声をそろえて言いました。

「カニにはカニの電話があります！」

カニたちは、おおまじめでした。そして少しふんがいしているようでした。松原さんは、もっと悪口を言うつもりでしたが、やめにしました。そして、

「そんならまあ、ためしにあずけてみようか」と、つぶやきました。

これを聞いて、カニたちは、ころりときげんをなおしました。それから、こんなこ

とを言いだしました。

「おそれいります。では、三時のお茶をめしあがっていってください。特製のお菓子もできますから、ひと口いかがでしょうか」

どうしようかなと、松原さんが考えているうちに、カニたちはもういそいそと、お茶の支度《したく》をはじめました。

はじめに、十四ほどのカニが、砂をほり返しました。すると砂の中から、まるで、ままごと道具みたいな小さなティーセットが出てきました。カップには、ちゃんと受けざらがついていて、ポットもミルク入れも、砂糖つぼも、みんなおそろいの砂色なのです。おまけに、貝がらのおさらもあります。それらの道具を、かわいた砂の上に、きれいにならべると、二、三匹が、どこからか水をくんできました。さあ、それからカニたちは、おおいそがしです。

石でつくった小さなかまどに火をくべて、お湯をわかす組がいるかと思うと、もうひとつの組は、砂をふるったり水を入れてこねたり、小さなめん棒で、のばしたりしているのです。それは、人間が、粉でお菓子をつくるのとそっくりでした。いいえ、人間の女の人がつくるのより、ずっと早くて、何だかずっとあざやかなのでした。みるみるうちに、たくさんのお菓子が焼きあがり、貝のおさらにのせられてゆくのを、み松原さんは、目をまんまるにして見ていました。その小さなお菓子は、星のかたちをしていたり船のかたちをしていたり、それから魚のかたちや、いかりのかたちをしているのでした。でも、あれはほんとうに食べられるんだろうかと思っているうちに、松原さんの前に、お茶とお菓子のひと組が、いそいそと運ばれてきました。

「さあさあどうぞ、ご遠慮なんか少しもいりません」

遠慮なんかちっともしていないけど……そう思いながら、松原さんは、おそるおそる手をのばして、星のかたちをしたお菓子をつまみました。

「どうぞ、ぽんと口に入れて、カリッとかんでみてください」

と、給仕係のカニは、言いました。松原さんは、お菓子をそっと口に入れてみました。

口いっぱいにひろがる海のにおい。ふしぎな甘さと、さわやかさ。そして、さくさくと、かわいた歯ざわり——

「なるほど、よくできている。なかなかおいしいねえ」

松原さんは、そうつぶやいてお茶を、ごくりと飲みました。すると、カニたちは、声をそろえて、

「どうも、おそまつでございました」

ので、す。

と、言いました。そこで、松原さんも、ぺこんと頭をさげて、

「どうもごちそうさまでした」

と、言いました。

と、まあこんなふうにして、松原さんは、ギターを海に置いてきてしまったのです。

そして、家に帰って、毎日電話の鳴るのを待っていました。すると、一週間ほどして、松原さんのところに、白い紙に包まれた、小さい小包が届きました。小包の裏には、へたな字で、『カニより』と、書いてありました。松原さんは、びっくりして包みをあけました。すると、中から、ちょうど、てのひらに乗る大きさの白い巻き貝がころがり出てきました。

「なんだって、こんなもの送ってきたんだろう」

しばらく考えてから、ふっと松原さんの頭に、いつかのカニたちの言葉がよみがえってきたのです。

――カニには、カニの電話があります――

あ、そうか、と思ったとたん、もう貝の中から、何か聞こえてきたではありませんか。かすかに、ピンピンとひびくあの音は……ああ、あれは、ギターの音です。

松原さんは、思わず貝を耳にあてました。すると、ギターの音といっしょに、波の音が、ちゃあんと聞こえてくるじゃありませんか。

（なるほど、たしかに、海からの電話だ。すると、あのギターなおったんだな。音がするんだから、ともかく糸はつながったんだ）と、松原さんは、思いました。でも、松原さんは、音楽学校の学生です。ちょっとのことでは、ごまかされません。松原さんは貝を口にあてて、

「まだ、音は元通りじゃないぞ。ばかにビンビンひびくじゃないか。一番太い糸のぐあいが悪いんだ」

と、言いました。すると、貝の中の音楽は、ぴたりと止まり、

「ではまた来週」

と、カニの声が聞こえて終わりました。

一週間のたつのを、松原さんは、とても待ちどおしく思いました。

貝の電話のことを思うと、学校へ行っても、アルバイトをしていても、町を歩いていても楽しくてたまらなくなるのでした。松原さんは、ふと思いました。自分がギターをひくよりも、カニにひいてもらって、貝の電話で聞くほうが、ずっと楽しいかも

しれないと。

そして、ちょうど一週間目の夜おそく、松原さんのまくらもとに置いた貝の中から、ふいにギターの音が聞こえてきました。松原さんは、あわてて貝を耳にあてました。

すると今度は、前よりずっと良くなったギターの音にあわせてカニの歌声が聞こえてくるじゃありませんか。

海は青いよ
波は白いよ
砂は砂色
カニは赤
カニのギターはくりげ色

「ほう、カニにしたら、うまいもんだ」

と、松原さんは、ひとりごとを言いました。すると、コーラスはぴたりと止まって、あの親分格のカニの声が聞こえてきました。

「もしもし、カニにしたらうまいというのは、気にいりませんね」

「そんなら、どういうふうにほめたらいいんだい」

「だれよりもうまいとか、世界一うまいとか」

「うぬぼれるんじゃないよ。世界一になりたかったら、もっと練習しなくちゃだめだ。ギターのほうも、まだまだほんとうじゃないねえ」

「そうでしょうか……」

カニは、ぶつぶつと、つぶやきました。

「われわれ、ギターの手入れは、いっしょうけんめいしているんですよ。糸のつなぎ目を、細かい砂でこすったり、月の光にあててたんねんにみがいたりして」

「…………」

このとき、松原さんははっとしました。カニのはさみのことを思い出したからです。そこで大きな声で言いました。

「おい、おかしいじゃないか。きみたち、はさみのついた手で、ギターをみがいたりしたら、また糸が切れるはずじゃないか」

するとカニは、はっきりと答えたのです。

「いいえ、われわれみんな、手袋をかけておりますので」

「手袋！」

松原さんは、おどろいてしまいました。カニというのは、思ったより、ずっと頭がいいんだなあと。

カニは、とくいそうに続けました。

「はい。今、われわれは、みんな緑色の手袋をはめてギターをひいています。わかめでこしらえた特製の手袋です。これは、ぴったり手にくっついて、なかなかはめごこちもいいし、楽器をいじるには、これがいちばんです。どうして、はじめから手袋をかけなかったんでしょう。そうすれば、あの日、あなたさまのギターをこわすようなこともなかったのにと、くやまれてなりません」

「なるほどなあ……」

松原さんは、感心してしまいました。そして、思わず、こんなことを言ってしまったのです。

「そんなら、もうしばらくギターは、あずけておくよ。ぼくは当分いそがしくて、海に行かれないから」

「ほ、ほんとですか！」

カニたちは、いっせいにさけびました。もう、うれしくてたまらないといったようすです。

「うん。ほんとうだ。それまでに、ギターの高い音を、もう少し研究するといいよ。コーラスのほうは、ハーモニーに気をつけるといい。また、ときどき、電話をかけておくれ」

そう言って、松原さんは、白い貝を置きました。それから、貝をハンカチにくるんで、大事に、机の引き出しにしまいました。

この貝を、松原さんは、自分の宝物にしようと思いました。

「ほうら、これですよ。この貝ですよ」

と、松原さんは、ときどき、人に貝を見せるのです。けれども、その巻き貝の中は、かすかなうす桃色をしているだけで、カニのコーラスも、ギターの音も、波の音も聞こえはしません。いくら貝に耳をつけても、ほかの人には何も聞こえないのでした。

それはきっと、あの砂のお菓子を食べた人にだけ音の聞こえるふしぎな貝なのかもしれません。

天窓のある家

Awa Naoko FANTASY

何年か前に山へ行ったとき、おもしろい家に泊まりました。

それは、友人の別荘《べっそう》で、ちょっとした山小屋ふうの建物でしたが、その家には、天窓があったのです。

天窓というのは、いいものです。ぽっかりと、ま四角に切りとられた天井の穴から、夜になると星が見えます。月が見えます。流れてゆく雲が見えます。その家の天窓には、すきとおったガラスがはめこまれていましたから、昼間は、少しまぶしすぎましたが、夜は、雨つゆしのいで、ぬくぬくと野宿をしているといった気分になれるのでした。

春のはじめの三日ほどを、ぼくは、その家で、たったひとりで過ごしました。いろいろと、悲しいことが重なり、神経が、すっかりまいってしまって、生きてゆくのもいやになったとき、親切な友人が、ここへ来ることを、すすめてくれたのでした。

「ぼくの山小屋で、しばらく静養《せいよう》してきたらいいよ。今ごろは、だれもいなくて静かだし、庭のこぶしの花が咲いて、それはきれいだよ」

そのこぶしの木が、小屋の屋根半分におおいかぶさって、おおらかに枝をひろげ、まっ白い花をたくさんつけているのを見たとき、ぼくは、ほっとしました。やっと、心のやすらげる場所に来られたという気がしました。

家の中には、小さな台所がついていましたから、ぼくはそこで、ひとり分の食事をつくりました。川のほとりのせりをつんできて、みそしるをこしらえたり、たらの芽を、てんぷらにしてみたり、名も知らないうす緑の葉を、おひたしにしてみたりして。昼間は小鳥の声を聞いて過ごし、夜は天窓の空をながめて、眠りにつきました。

そうして、三日目の晩のこと――

あの夜は、ちょうど満月でした。天窓からさしこむ月の光が、ことさらに明るく、ぼくはちょうど、海の底にでもすわっているような気分になっていました。

天窓のま下に敷いたふとんの上に、こぶしの木の影が、くっきりと落ちていました。

木の影が、こんなにあざやかに、まるで細密画《さいみつが》のように映るのを見るのは、はじめてでした。風が吹いて、ほんの少し花がさやいでも、ふとんの上の影はゆれました。

いちばん遠い枝の先に、小さくついたつぼみの影までが、静かにゆれました。ふと、影の中から、花たちの笑い声が、あふれてくるようでした。

「きれいなものだなあ……」

ぼくは、ふとんの上に両手をついてつくづくと影をながめます。思わず手を伸ばして、影の花にさわってみます。

すると、どうでしょう。そのふっくりとふくらんだ花の影は、ぼくがふれただけで、ほのかな銀色を帯びてきたのです。驚いて、ぼくは、別の花の影にさわってみました。すると、その影も、ほうっと、銀色に光りはじめました。まるで、花の中にひとつずつの星をともしたみたいに。

ぼくは、もうむちゅうで、新しい影にふれてゆきました。ふとんの上に落ちた花の影は、全部で三十もあったでしょうか、かたっぱしから手を当てて、そのすべてがすっかり銀色に染まったとき、ぼくの心は、何ともいえない感動でいっぱいになりました。ぼくは、このたとえようもなく美しいものを、しばらくうっとりとながめていましたが、ふっと手を伸ばして、いちばん小さい銀の花を、一輪つんでみました。

すると、花の影が、つまめたのです！

ぼくの指のあいだにはさまれた影は、ちゃんと、花のかたちをしていました。そして、やっぱり、ふしぎな銀色なのでした。

「うわあ、おかあさん、すごいよ。花の影がつまめたよ」

思わず、ぼくはそうさけびました。

どうしてあのとき、子供のころのくせがでたのでしょうか。末っ子のぼくは、昔、うれしかったり、驚いたりすると必ず、「うわあ、おかあさん」と、さけんだのでしたが……その母を、つい三ヵ月ほど前に亡くしたことを思い出したとき、ぼくは、ふいに頭がくらくらして来て目をつぶりました。妙な悲しみが、つき上げてきて、涙がこぼれそうになりました。ああ、天窓の上から、月がぼくを見ている。泣きそうなぼくを見て笑っている……そう思って、目をあけると、ふとんの上の花の影は、何の変わりもない灰色に、もどっていました。ぼくは、天窓の下で、灰色の影をいっぱいにあびて、とりこになった小さな魚のように、すわっていたのでした。

急に、とてもせつない気持ちになって、ぼくは、ごろりと横になりました。すると、これまでの悲しいことや、いやなことが、あとからあとから思い出されてきました。ぼくは、天窓のむこうの大きな月をながめながら、このまま山を下りずに、いつまでもこうして空をながめていたいと思いました。そうして、いつか眠ってしまったのです。

ところが、翌朝目をさまして、おどろきました。

ぼくは、手の中に、ゆうべの影を、ぎっちりとにぎっていたのですから。

花のかたちをした、銀色のものでした。銀色といっても、それは、いぶし銀のくすんだ輝きで、とてもうすい、そう、アルミ箔《はく》ほどにうすいものだったのです。

「おどろいたなあ……」

ぼくは、大きなため息をつきました。天窓からさしこむ朝日に照らされて、部屋の中には、やっぱり木の影がゆれていましたが、それは、ただの影で、いくらこすってみても、つまみあげようとしても、どうにもならないのに、あの、月の光をあびて落ちた、ゆうべの影だけが……

ぼくは、てのひらにのった花の影を、つくづくとながめたあと、シャツのポケットにそっとしまいました。

花の影を一枚、自分のものにしたそのときから、ぼくの耳に、ふしぎな声が聞こえるようになりました。その家の中にいるかぎり、炊事をしていても、本を読んでいても、ねころがっていても、上の方から、細い声が、呼びかけてくるのです。

かえして
かえして
影をかえして

と。

そのたびにどきっとして上をむくと、天窓のところには、白いこぶしの花が、ゆれているのでした。

(木が、ぼくを見ている)

そんなふうに感じて、ぼくは、はっとしました。ここへ来てから、(それどころか、生まれてこのかたまだ一度も)木というものを、ぼくは特別に意識したことがありませんでした。木が、人に呼びかけたり、人を見つめたりするなんて、思ってみたこともありませんでした。が、たった今、こぶしの木は、ぼくにとって命ある対象となりました。

ぼくは、天窓のま下にすわって、上をむいて、「ねえ」と、呼びかけてみました。

すると、どうでしょう。こぶしの木は、

「なあに」と、言ったではありませんか。

「あのう、あのう、どういうわけだろう。影がつまめるなんて」

するど、木は答えました。

「お月さまのいたずらよ」と。

ぼくが、ぽかんとしていると、こぶしの木は、甘いきれいな声で続けました。

「お月さまは、この天窓を、とても気に入っているのよ。ゆうべは満月だったから、あんなことをして、あたしの影に、魔法をかけたんだわ。でも、まさか、それをもぎとる人がいるなんて、思いもよらなかった」

「ごめん。あのとき、花の影があんまりきれいだったから、つい……」

ぼくは、うつむきました。すると木は、少しとがった声を出しました。

「あたしは、とても困るんです。影をとられると、そこのところが、とても痛むんです」

「ほう、そんなものかなあ」

「ええ、そんなものです。たかが、花一輪ぶんの影とお思いでしょうけれど、そこのところから、養分が出てしまって、木全体が、だめになるってこともあるんですから」

それは、悪いことをしたと、ぼくは思いました。すると、こぶしの木は、風にゆれ

ながら、
「今夜、返しておいてくださいね」
と、言いました。ぼくが、だまっていると、
「今夜月が出て、あたしの影が、床にうつったら、もとの所に、必ず返してください
ね」
と、念をおしました。
「わかった、わかった」
ぼくは、幾度《いくど》も、うなずきました。
はじめは、それほどでなかったものでも、いよいよ手ばなさなければならなくなる
と、急におしくなるということがありますが、花の影を、返せといわれてから、ぼく
は、あれを手ばなすことが、どうしても、できなくなりました。
見れば見るほど、花の影は、美しかったのです。いったいどこの宝石屋に、こんな
にみごとな銀色の品物があるでしょうか。そっと胸にあてると、そこから、木の命
が、自分の方に流れてくるようです。耳にあてると木のやさしい声が聞こえて来るよ
うです。

花の影を、ぎゅっと手の中に、にぎりしめたとき、ぼくの気持ちは、はっきりときまりました。

できるだけ早く、この小屋を出よう。これをもらってゆく決心をした以上、あのふしぎな木の影をあびて、もうひと晩、天窓の下で眠るなんてことは、とうていできない。それなら、一刻も早く、山をおりることだ……

ぼくは、大急ぎで、荷物をまとめ、身づくろいをしました。ああ、木が上からぼくを見つめている——そう思うと、手も足も、すくむ思いでしたが、ともかく、かばんひとつに、衣類や本を、つめこむと、あとかたづけも、ろくにしないで、とび出したのです。入り口のとびらを、バンと閉めて、閉めたとびらの前で、ひょっと顔を上げたとき、ぼくは、ま正面からこぶしの木に出くわしました。とっさにぼくは、目を伏せて、息をころして、木を見ないように、見ないようにして、その前を通りぬけました。

けれども、ほんの十歩も進まないうちに、うしろから、あの細い声が追いかけてきたのです。

かえして

かえして
影をかえして

ぼくは、その声を、ふるい落とすように、頭を、ぶるぶるふりながら走りました。帽子をとばし、雪やなぎのしげみをふみ荒らし、幾度もころびそうになりながら、いちもくさんに走ったのです。

かえして
かえして
影をかえして

その声は、ぼくが山をおりて、バス停のあたりに来るまで、追いかけてきました。一時間に一本のバスが、ちょうどそのときやって来たのは、幸運でした。ぼくは、むちゅうでバスのステップをかけのぼり、いちばん前の座席に、どしんと腰をおろしました。するとバスはたちまち発車して、快いスピードで走りはじめました。座席にもたれて、胸の動悸《どうき》をおさえているうちに、ぼくは、だんだん興奮からさめてきました。すると、小屋でのできごとは、どうやら、ぼくのまぼろしだと思えるようになりました。木が、口をきくなんて、そんなばかげたことがあるもんか。影がひろえるなんて、そんなおかしなことがあるもんか……。けれども、シャツの胸ポケットにはやっぱり、いぶし銀に輝く花のかたちをした物がしまわれていて、それをどう説明したものか、わかりませんでした。

家に帰ってから、ぼくは、花の影に、細いくさりを通して、お守りにして、首にぶら下げました。うっかり机のひき出しにでも入れておいたら、そのまま消えてしまいそうな気がしたからです。

そうして幾日かたつうちに、ぼくは、だんだん元気をとりもどし、気持ちも明るくなりました。そんなぼくを見て、まわりの人たちは、やっぱり山へ行ってきてよかったねと言ってくれました。

でも、ぼくの体の中にみなぎりはじめたふしぎな生気《せいき》は、どうも、三日や四日山へ行ってきたためのものとは思えませんでした。

それまでぼくは、朝起きると、頭が重くてどうしようもなかったのでしたが、花の影を首に下げてからは、雨戸のすきまからこぼれる陽《ひ》の光を見ただけで、心がおどりました。人に会えば、にっこり笑って声をかけたくなりました。仕事も順調に進み、良いアイデアが、どんどんわくようになりました。食事はおいしく、夜はぐっすりと眠れました。そうです。何もかもがふしぎなほどうまくいくようになったのです。

そのうちに、ぼくは、結婚をしました。子供もでき、小さいながら自分の家も、持てるようになりました。

そんなある日、ぼくは、ひさびさに、あの山小屋の持ち主に会ったのです。

ひとしきり近況を語りあったあとで、ぼくは、そっと言いました。

「なつかしいなあ、あの天窓のある家」

すると友人は、意外なことを言いました。

「あの家ねえ、去年、こわしてしまったんだ」

「それはまた、どうして……」ぼくが、けげんな顔をすると友人は、

「あんまり、傷《いた》みがひどいもんで」と、答えました。

「ほう、白アリにでも、やられたのかい」

すると友人は首をふって、

「木だよ。あのこぶしの木だよ」と、言ったのです。それから、こんな話をしました。

「家にくっついて、大きな木があるのは、よくないねえ。毎年、葉がどっさり落ちて、雨どいにたまるものだから、家の傷みがひどくなってねえ。ときどき修繕《しゅうぜん》していたんだが、どうも、葉の散りかたが、あんまりはげしいので、よくよく調べてみたら、あの木は、病気になっていたんだ」

「………」

「気がついたときには、すっかりくさっていてもう幹なんか、ぼこぼこの空洞だったのさ。そのうえこのあいだの台風のときに、枝が、ぽっきり折れて、それが屋根に落ちたものだから、天窓が、すっかりこわれてしまってねえ」

ぼくは、思わず目をつぶりました。息をつめて、たったひとこと、

「やっぱり……」

と、つぶやきました。

かえして、かえして、というあの声が、ぼくの耳によみがえりました。そしてこのときぼくは、はっきりと知ったのです。たった一枚の花の影から、ぼくは木の養分をもらってたちなおり、木のほうは、そのために死んだのだと。

「すまないことをしたなあ……」

ぼくは、小さくつぶやきました。

　すると、急にぼくの胸は熱くなり、悲しみとも感動ともつかない思いでいっぱいになりました。天窓の上でゆれていた、あのまっ白い花の群れがそっくりそのままぼくの胸の中に移ってきて白い火を燃やしつづけているようでした。

海からの贈りもの

Awa Naoko FANTASY

海の町のお祭りでした。

夏がおわって、海水浴のお客が、みんな帰ってしまったあと、その町では、おみこしがでて、たいこがなって、夜になると、海ぞいのほそい道に、小さな店が、たくさんならぶのでした。

日ごろ働きものの漁師のおやじさんも、宿屋のおばさんも、この日ばかりは、仕事をやめて、ぱあっとあそんですごします。昼間っからお酒をのんで、おどりをおどって、夜になると、つれだって、ぞろぞろと、夜店を、ひやかして歩きます。

この日のために、とおい町からあつまってきた商人たちは、浜の人たちのよろこびそうな品物を、かりごしらえの台の上にならべて、さあいらっしゃい、安いよ安いよと、声をはりあげるのでした。ほのぐらいあかりの下には、さまざまの品物が、ならびます。

万年筆や、ライターの店があるかと思うと、子どものおもちゃの店があります。お菓子の店もあれば、植木の店もあります。

海からふいてくる風は、もう、ひやりとしていました。ききなれた波の音は、ざあっとよせては、もう秋よ、もう秋よとうたって、この小さな町の、小さなお祭りの伴奏をしていました。

かな子は、五十円玉をふたつ、ポケットにいれていました。

「これで、すきなもの買っておいで」

病気のおかあさんが、そういって、わたしてくれたお金でした。かな子は、そのお金を、右手でまさぐりながら、これで、自分のものを五十円分、おかあさんのものを五十円分買いたいなと思っていました。

ところが、五十円で買える品物といったら、めったにありません。ガラス玉の赤い指輪は百円、ビーズの首かざりだって百五十円、ちょっとすてきな花もようのスカーフは、五百円もするのでした。

晴れ着をきて、リボンを髪にむすんだ女の子たちは、はしゃぎながら、指輪やスカーフを買っていきます。そのうしろに、ぽつんと立って、ふだん着のかな子は、ならべられた品物を、ただながめるばかりです。でも、「見るだけのお祭り」なら、もうなれっこなのです。かな子のおとうさんは、はじめっからいません。おかあさんは、もう長いこと病気です。家は、いつでも貧乏で、かな子は、ひとりぽっちなのが、きまりでした。それでも、久びさにもらったおこづかいがうれしくて、かな子は、うきうきしながら、五十円で買えるものないかしら、と思って歩いていきました。すると、

「ひと袋、五十円よ」

そんな声が、かな子の耳に、とびこんできたのです。かな子が足をとめますと、おでんの屋台と、金魚の店のあいだに、りんご箱ひとつおいただけの、それは小さな店がありました。そして、そこには、ま昼の海の色とそっくりの青いネッカチーフをかぶったおばあさんがすわって、じっと、かな子を見ていたのです。

かな子は、おばあさんの店に近づいてみました。りんご箱の上には、小さな光るものがたくさんならんでいます。ボタンかなと思って、目を近づけて、かな子は、なあんだと思いました。

「貝を売ってるの？」

漁師のお祭りに、貝がらをならべたって、だれもめずらしがりはしません。そんなものは、浜へいけば、いくらでもひろえるのですから。かな子が、すこしがっかりし

ていますと、おばあさんは、やさしい目をして、

「桜貝ばっかりよ、おじょうちゃん」

と、言いました。おじょうちゃんなんてよばれるのは、はじめてなので、かな子は、胸がくすぐったいみたいな気がしました。

「ちょっと見てごらん。こんなにつやのある貝は、めったにとれないから」

おばあさんは、てのひらに貝をのせてみました。

ほんとうに、きれいな貝でした。ちりこぼれた桜の花びらみたいでした。

かな子は五十円玉をひとつ、だまっておばあさんの前におきました。するとおばあさんは、どこからか小さな紙の袋をとりだして、ひとにぎりの貝を、さらさらといれてくれました。それから、

「おじょうちゃん、ふた袋買っていきなさいよ」

と、言いました。かな子のポケットの中のもうひとつの五十円玉が、ちゃんと見えるみたいに。かな子は首をふって、

「あと五十円は、おかあさんにおみやげ買うの」

そう言うと、貝がらの袋をうけとって、おばあさんの店を、はなれました。

貝がらの袋を、ブラウスの胸ポケットにしまって、かな子が歩きはじめますと、貝

がらは、さくさくと、なりました。かわいた砂がこぼれるような、やさしい音でした。

さく　さく　さく
さく　さく　さく
ねえねえ　かなちゃん
さく　さく　さく

かな子の足音にあわせて、ポケットの貝がらは、そううたいました。いいえ、いつか、かな子のほうが、貝がらの歌にあわせて歩いていたのです。

さく　さく　さく
さく　さく　さく
かなちゃん　かなちゃん
浜辺へおいで

貝がらは、そんなふうにうたいましたから、かな子の足は、しらずしらず、浜のほうへとすすんでいきました。

夜店のならんだ道を通りぬけて、もうだれもつかわなくなった、よしず張りの小屋のかどをまがって、ほのあかるい月夜の浜辺へ――

ゆらりとのぼった黄色い月が、浜を、あかるくてらしていました。

さく　さく　さく

さく　さく　さく

まっすぐまっすぐいってごらん

月見岩までいってごらん

貝は、そんなふうにうたいました。

月見岩は、燈台《とうだい》のそばにありました。すわって月を見るのにちょうどいいから、そんな名前がついたのでしょうか。それとも、岩そのものが、まんまるで、月のかたちをしていたためでしょうか。

かな子が、貝がらの歌にみちびかれて、月見岩に近づいてみますと、どうでしょう、今夜は、そこにたくさんの人がいるのです。

やっぱり、青いネッカチーフをかぶったおばあさんが、ひとり、ふたり、三人、五人……

おばあさんたちは、月見岩を、テーブルのようにかこんで、ネッカチーフを風にはためかせながら、顔をよせあっていました。まるで、秘密の会議でもしているみたいに。かな子が、そうっと近づいていきますと、とつぜん、一人が、勝った勝ったと、手をたたきました。すると、そのとなりのおばあさんが、こんどはわたしの番だ、と言いました。

ふと、夢でもみているような気がして、かな子が、ぼんやり立っていますと、ひとりのおばあさんが、ひょいとふりむいて、かな子に、手まねきをしたのです。

「あんたも、はいらない？」

「………」

「貝がらを持っているでしょう？」

かな子が、小さくうなずくと、おばあさんは、やさしく言いました。

「桜貝を持っている人は、仲間になれるよ」

おばあさんたちは、腰をうかせて、かな子のために、ひとり分の席をあけてくれました。

「こっちへおいで。早く早く」

さそわれるままに、かな子は、月見岩のテーブルの前にすわりました。そして、目をまるくしたのです。

岩の上には、桜貝が、いちめんに散らばっていたのですから。

なめらかな黒い岩の上で、月の光をあびているうす桃色の貝の、なんという美しさでしょうか。かな子が、貝がらに見とれていますと、となりのおばあさんが言いました。

「あんたの貝も、ここにおいてごらん」

かな子はうなずいて、ポケットから、貝の袋をとりだすと、さらさらと、岩の上にひろげてみました。

「さあ、やりなおしだ。じゃんけん、じゃんけん」

右どなりの、めがねのおばあさんが、ほそい声をあげました。かな子が、ぽかんとしていますと、こんどは、左どなりのおばあさんが、

「さあ、じゃんけん。おはじきをするんだよ」

と、ささやきました。むかいのおばあさんは、じれったそうに、

「おはじき、知ってるだろ？」と、言いました。「ほれ、こういうふうに、貝と貝をぶつけて、うまくぶつかったら、ひとつ自分のものにできるのさ」

そのおばあさんは、とがったほそいつめで、桜貝をひとつつまむと、自分のふところにいれるまねをしました。かな子は、うなずきました。

「さあ、はじめたはじめた、しんけん勝負」

めがねのおばあさんが、はりきって、大きな声をあげました。そうして六人でじゃんけんをして、順番がきまりますと、いよいよふしぎなおはじき大会が、はじまったのです。

すべすべの岩の上で、桜貝は、気持ちよくすべりました。おばあさんたちは、ひとつ貝を手にいれるたびに、おどりあがりました。ところが、かな子の番になりますと、どうもうまくゆきません。かな子の手が小さくて、つめも、とがっていないせいでしょうか、かな子がはじく貝は、ほんの一センチもすすまないのでした。

「ほい残念、おつぎ」

おばあさんたちは、かな子が失敗するたびに声をそろえて、そう言いました。かな子のほおは、だんだん熱くなり、胸もドキドキしてきました。こんどは、ちゃんとしなけりゃ、だいじな桜貝、みんなとられてしまう……

こんどこそ、こんどこそと思いながら、ひとつもとれずに、何十回も、自分の番がすぎていき、最後のひとつを、となりのおばあさんが、とりおわると、岩の上は、からっぽになりました。いちばんたくさん貝をとったおばあさんは、貝を両手にすくうようにもって、うれしそうにわらいました。

「さあ、もうひと勝負いきますか」

貝のなくなってしまったかな子は、ぬけなければなりません。もうだれも、かな子を相手にしてくれません。

(もうひと袋、買っておけばよかった)

貝が、もうひと袋あったら、きっともりかえせるという気がしました。かな子は、そっと、スカートのポケットに手をいれました。もうひとつの五十円玉が、かたくつめたく手にふれました。

「まってて。わたし、すぐくるから!」

かな子は、そうさけぶと、海からの風に、スカートをふくらませて、かけだしました。

夜店の、みかん色のあかりの帯のなかにとびこんで、かな子は、どんどん走っていきました。金魚の店のとなり、おでんの湯気があがっているすぐ横……そこに、とっぽりと、かくれるようにあった、りんご箱の店をめざして。

けれども、息せききってかけつけてみると、どうでしょう。そんな店は、どこにもないのでした。

金魚の店と、おでんの店は、ちゃんとくっついていて、ねじりはちまきのおじさんが、ねえちゃん、おでん一皿どう？　と、声をかけるばかりでした。

「ここに、貝がらの店、なかった？」

あえぎあえぎ、かな子は、たずねました。

「知らないねえ」

「青いネッカチーフのおばあさんが、桜貝を、たくさんならべていたの」

これを聞いて、おでん屋のおじさんは、わらいました。

「そりゃ、あんた、海ばあさんだ」

「海ばあさん？」

「そうさ。海ばあさんは、祭りの晩によくやってきて、妙なものを売って、子どものこづかいを、まきあげるのさ。そうして、すうっと海へ帰っていくんだ」

かな子は、青くなりました。

だまされたんだ……いいようのないくやしさで、胸が、ドキドキしました。しばらく、立ちつくしたあと、かな子は、くるりと向きをかえると、また、浜へむかって、かけだしたのです。

かえして、わたしの五十円かえして。それがだめなら、桜貝、ひと袋かえして……心のなかで、そうさけびながら、かな子は、走りました。走って走って、やっと浜にたどりついたとき――

そこには、だあれも、いないのでした。

(あの人たち、どこへいったんだろう。おはじきやめて)

かな子は、夢をみているような気がしました。そこで、とぼとぼと、月見岩のほうへ歩いていくと――

どうでしょう。岩の上には、どっさりのおはじきが、いいえ桜貝がのこされていたのです。かな子は、近づいて、そのひとつを、そっとつまんでみました。すると、貝は、あとからあとから、つながってくるではありませんか。そうです。ほんのすこしのあいだに、おはじきの貝は、ほそい糸でつながれて、二本のすばらしい首かざりになっていたのです。

かな子は、もういちどあたりを見まわしましたが、浜にはだれもいません。波が白くあわだちながら、よせてくるだけでした。その波の音は、あのおばあさんたちのわらい声のようにおもえました。いたずらっぽいささやきのようにもおもえました。あげるよ、あげるよといいながら、わらっているようでした。

かな子は、貝の首かざりをふたつ、うでにかけて、家へかえりました。

(おかあさん、すてきなおみやげよ。二人おそろいの首かざりよ。海のおばあさんからの贈りものよ)

心のなかでそうつぶやきながら、かな子はひたひたと、月夜の浜を歩いていきました。

春の窓

Awa Naoko FANTASY

小さな町の小さなアパートに、若い絵かきさんが住んでいました。

絵かきさんは、とてもびんぼうでした。

なぜって、この人の絵は、へたで、なかなか売れなかったからです。たとえば、絵かきさんが、自分の絵を売りにいったとします。そうすると、かならず、こんなふうにいわれるのでした。

「きみ、もうすこし勉強してから、でなおしておいでよ」

絵かきさんは、売れなかった絵をかかえて、おもい足どりで、またアパートへもどるのです。

ちょっとより道して、コーヒーでも飲みたいなと思っても、ポケットのなかは、いつもからっぽでした。それで、町のショーウインドーをのぞいたり、本屋でちょっと立ち読みなんかして、あとは、とぼとぼと、自分のへやへかえるほかなかったのです。

ところが、このへやが北むきでした。へやのまんなかには、古いストーブがありましたが、ストーブにたく石油がありませんでした。絵かきさんは、がたがたふるえて、毛布にくるまって、あああ、もうちょっとましなくらしがしたいなあと思うのでした。

そんなある日のこと。

絵かきさんが、やっぱり毛布にくるまっていますと、だれかがドアをたたきました。絵かきさんがでてみますと、そこには、へんな、まだらの猫が一匹たっていて、人間みたいに、口をきいたのです。

「寒いから、ちょっとなかにいれてくださいよ」

猫は、絵かきさんの返事もきかないで、するりとへやのなかにはいってくると、あきれたようにさけびました。

「ひ、火がないじゃないか……」

絵かきさんはわらって、

「おあいにくさま。うちは、びんぼうで、燃料も買えないのさ」

と、いいました。

「おどろいたねえ。そとより寒いじゃないか」

猫は、ぶるんとふるえました。絵かきさんはうなずいて、

「ああ、そとのほうが、ずうっとましさ。だから、またでておゆきよ」

と、ドアをゆびさしました。すると猫は、はちみつ色の目をくるんとまわして、かしこそうにいいました。

「それじゃ、このさい、お金をかけないであったかくなる方法考えたらどうです？」

絵かきさんはわらいました。そんな方法があるくらいなら、だれが昼間っから毛布なんかにくるまっているでしょうか。ところが猫は、ぷるんとひげをふるわせて、いいました。

「いいことを教えてあげましょう。猫を飼うことですよ、猫を」

「……………」

「猫は、あったかいですよ。だいて寝れば、ゆたんぽのかわりになるし、肩にのせれば、えりまきのかわりになります」

「でも、その猫のえさはどうするんだい？」

「それは心配いりません。気のきいた猫なら、ちょっとおもてにでて外食します」

なるほどと、絵かきさんは思いました。そこで、ぽんと手をたたいて、

「よし、それじゃ、猫飼うことにきめた」

と、いいました。それから、絵かきさんは、このまだらの猫を、北むきの窓のところへつれていって、しゅっしゅとブラッシをかけました。たちまち、ほこりがとれて、猫はとてもきれいになりました。

「よしよし、これで、おまえは、ぼくの猫になった」

絵かきさんは、猫の首に、茶色のリボンをむすんで、そこに小さくアパートの住所を書きました。そうしてその晩、この猫をだいて寝ますと、そのあったかいことあったかいこと、まあ、ゆたんぽ三つぶんくらいのねうちはありました。絵かきさんは、すっかり気をよくして、翌朝《よくあさ》のごはんには、自分の牛乳を、猫にわけてやりました。

それから、絵をかくときは、猫を、えりまきのかわりに肩にのせてみますと、ちょっとおもかったけれど、これが、なかなかあたたかいのでした。そうして絵をかきましたら、絵かきさんの絵は、まえよりすこうし、うまくなりました。

「うん。いい調子になってきた。やっぱり猫を飼ってよかった」

と、絵かきさんは、つぶやきました。ところが、猫のほうは、あんまりきげんがよくありません。えりまきのかわりになって、ひとの肩にしがみついているのも、つかれるものなのです。

「もう、おりてもいいですかー」

　と、猫は、たびたびききました。しかたがないから、絵かきさんが、猫を床におろしますと、猫は、ほっとしたように、のびをして、

「やっぱり、このへや、寒いですねえ」

　と、いうのでした。猫は、南がわの壁を見つめて、もうずっとまえから考えていたようにいいました。

「こちらがわに窓があったら、ずいぶんちがうんだけど」

「そんなこといったって、しかたないよ。このへやは、もともと北むきなんだもの。魔法でもつかわないかぎり、南がわに窓なんかできるわけないじゃないか」

　すると猫は、すかさずさけびました。

「それじゃ、魔法、つかってみましょう！」

　なにを馬鹿なことをいってるんだと、絵かきさんは横をむきました。ところが、猫のほうは、おおまじめなのです。

「そうだ。このさい思いきって、魔法つかってみましょう。あなたも協力してください」

　と。

猫は、しっぽをぴいんとたてて、それから、おごそかな声でいいました。

「まず、この南がわの壁に絵をかいてください。窓の絵です。そしたら、わたしが魔法をつかって、その絵をほんものにしてあげます」

さあさあ早くと、猫は、絵かきさんをせきたてました。

「ねえ、なにをぐずぐずしてるんです。あなた、絵かきでしょう？　絵かきならこの大きな壁にとびきりすばらしい窓の絵をかいてみたいと思いませんか」

「…………」

ふっと、絵かきさんの心は動きました。そういえば、窓って、ほんとにいいものです。そとから見ても、なかから見てもいいものです。やさしくて、なつかしくて、そこから、たくさんの夢や希望がはいってくるようで……。

ようし、それじゃ、とびきりすばらしい窓の絵をかいてみよう。これまでだれも見たことのないような、りっぱな窓わく。そこから見えるすてきなけしき。そうだ、そうだ、そうだ！　絵かきさんは、おどりあがりました。

さあ、その日から、絵かきさんは、南の壁に、窓の絵をかく仕事をはじめたのです。しみだらけの、よごれた壁いっぱいに、絵かきさんはまず、思いきり大きな四角をかきました。窓わくは茶色。ぶ厚くて、がんじょうな木でできていることにします。そして、その窓わくの上に、三色すみれの鉢植えを描《えが》きました。

「いいですねえ、春らしくて」

猫は、ほれぼれといいました。絵かきさんも、ほれぼれと、自分の絵を見つめました。そして、ほんとにうまくかけたなあと思いました。三色すみれの紫の花びらは、ぽってりとしてビロードみたいでした。

「春の窓だねえ」
二、三歩うしろにさがって、絵かきさんはいいました。すると猫は、目をしばしばさせて、
「でも、窓のそとの風景がなくちゃ」

と、いいました。絵かきさんは、うなずきました。そして、この大きな窓わくのなかに、これからどんな風景をかこうかと考えると、胸いっぱいに感動があふれてきて、涙ぐみたくなったのです。絵かきさんは、寒いのも貧乏なのもわすれて、熱心に考えました。それから、目をきらきらさせていったのです。

「ねえ、見わたすかぎりの草原《くさはら》はどうだろう。ひなげしの赤い花が咲きみだれていて、それが風にゆれていて、その花のむこうを、小さい電車が走っていくなんていうのはどうだろう」

「いいですねえ」

猫は、うなるようにいいました。

「ほんとにいいですねえ。そんな風景のみえる窓があったら、ぼくたちは、とってもしあわせな気持ちになるだろうなあ」

「よし、それじゃ、それに決めた！」

絵かきさんは、さっそくたちあがって、パレットに、緑の絵の具をたっぷりとしぼりました。それから、ばら色の絵の具、黄色の絵の具、オレンジ色の絵の具、空色の絵の具、紫の絵の具……。

猫は、ぴょんと絵かきさんの肩にとびついて、

「それじゃあ、ぼくは、しっかりと、えりまきになりますよ」

と、いいました。ところがこのとき、もう絵かきさんは、ちっとも寒くなくなっていたのです。すばらしい風景をかこうという希望が胸いっぱいにあふれていましたから、それだけで、体じゅうが、ぽかぽかしていたのです。

「いいよ、いいよ」

と、絵かきさんは、猫にいいました。

「えりまきなしでも、だいじょうぶだ。きみは、ベッドの上にすわって、ぼくの仕事

をみていてくれたまえ」

「そうですか。それじゃあ、らくさせてもらいます」

猫はよろこんで、ベッドの上にすわりました。

さあ、それから、絵かきさんは、うでまくり。深呼吸をひとつして、ひさびさの大仕事にとりかかったのです。

絵をかいているあいだ、絵かきさんは、ほとんどすわりませんでした。のどがかわけば牛乳を立ち飲みし、おなかがすけば、パンをたったままかじり、そうして、夜も寝ないで仕事をしたのです。

いく日すぎたでしょうか。

絵かきさんのへやの南の壁に、大きな窓の絵ができあがりました。かっきりと、四角い窓わくにかこまれたその窓のなかには、一面の春の野原が描かれました。そして、そのむこうを小さな電車が一本、西のほうへむかって走っていました。

空には、赤い春の太陽。

「けっさく、けっさく」

猫は、この絵がすっかり気にいって、でんぐりがえしを三つもしました。それから、あらたまってすわり直しますと、こんどは、とてもおごそかな顔つきになって、こんなことをいったのです。

「それでは、これから魔法で、この窓をほんものにしましょう。まず、白いもめんのカーテンを、この窓にかけてください」

「カーテンなんかないよ」

「それじゃ、買ってきてください」

「お金がないよ」

「そんなら貯金おろしてください」

「そうやすやすと貯金がおろせるかい。あれは、ほんとに困ったときのために、とってあるんだから」

「あなたいま、ほんとに困ってるじゃありませんか。こんなに寒いところで、ろくろくごはんも食べずに暮らして、その上、絵はちっとも売れないときてる。それで、このさき、どうやって生きていくんです？　え？」

猫はまるで、しっかり者の母親が、息子にいいきかせるみたいな口ぶりになって続けました。

「ね、せっかく、こんないい窓の絵をかいたんですから、これを、むだにしてはいけませんよ。このさいどうしても、この窓を、ほんものにしなけりゃ。カーテンは、せいぜい三千円で買えます。ほら、すぐそこのカナリヤストアー。あすこの二階へいけば、できあいのカーテンを安く売っていますからね。カーテンレールや金具といっしょに、いますぐ買ってらっしゃい」

そこまでいわれてしまえば、もうしかたありません。絵かきさんは机のひきだしから預金通帳をとりだして、それを、ズボンのポケットにねじこむと、そとへでていきました。

銀行へいって、お金をおろして、カナリヤストアーでカーテンを買って、絵かきさんは、白い息をはきながら、もどってきました。

「買ってきたよ」

大きな包みを床におくと、猫はよろこんで、いくどもうなずいて、

「それじゃ、そのカーテンを絵の上にかけてください。ふわりとやさしく、やわらかーいかんじにかけてください」

絵かきさんは、いわれたとおりにしました。かなづちをだしてきて、カーテンレールをうちつけて、そこに白いカーテンを、ふわりとかけたのです。するとああ、カーテンのむこうには、ほんものの窓があるみたいになりました。

猫は、ぱたぱたと拍手して、それから目をつぶって、もじゃもじゃと、長いじゅも

んをとなえました。それから顔をあげると、にんまりわらって、

「さ、カーテン、あけてごらんなさい」

と、いいました。絵かきさんは、うなずいてたちあがりました。そうして、窓のところまでいくまえに、もう絵かきさんは、猫の魔法が成功していることに気づいたのです。なぜって、カーテンは、そとからの風で、かすかにふくらんでいましたから。

絵かきさんは、思いきって窓にちかよって、さあっとカーテンをひらきました。

たちまち、まぶしい金の光が、へやいっぱいにあふれて、そのむこうはいちめん、ほんものの野原！　春のさかりのあざやかな緑でした。緑のなかに、赤いひなげしの花むれが風にゆれていました。花のむこうを、二両編成の小さな電車が、ごとごとと、走っていきます。電車は西へ、まっすぐ西へ……そうして、やがて、窓のなかから消えていきます。

「あの電車、どこへいくんだろう……」

と、絵かきさんは、つぶやきました。

それにしても、南がわに、ひあたりのよい窓がひとつできたことで、絵かきさんのへやのなかは、ほんとうに明るくあたたかくなりました。

「よかったですねえ」

と、猫はいいました。

「うん。これで、ぼくらのくらし、ずいぶん豊かになるよ」

絵かきさんは、窓から吹きこんでくる風を胸いっぱいにすいこみました。

さあ、それからというもの、ふたりは毎日、そとのけしきをながめてくらしました。とくに、夕方のけしきは、一番きれいでしたから、ふたりは、日がくれるまで、窓わくにつかまって、そとを見ていたのです。

日がくれるまで？

そうです。この魔法でできたふしぎな風景も、夕方には、夕方の色になるのでした。

お日さまは西にかたむき、野原はばら色に染まりました。ひなげしの花は、まっ赤にもえて、歌いました。やがて……あたり一面が、すみれの色にかわって、遠いポプラの木の上に、一番星がひとつ光るころ、かたかたとかすかな音がして、電車が――あの二両編成の小さな電車が、また通るのでした。電車の窓には、黄色いあかりがともっていました。

「おーい」

「おーい」

絵かきさんと猫は、電車にむかって手をふりました。電車は、ゆっくりと西へ走って消えていきました。

ところが、ある夕方のこと、その電車の、いくつ目かの窓のなかに、絵かきさんは、思いがけないものを見たのです。

それは乗客のすがたでした。

「おい、だれか乗ってるぞ」

おどろいて、絵かきさんは、猫をつつきました。それは、絵かきさんが、けっしてかいたおぼえのないものでした。白いセーターをきた髪の長い少女が、電車の窓から手をふっていたのです。

「おーい」

あわてて絵かきさんも手をあげたとき、電車は西へ……つまり、右がわの窓わくのかげに消えていきました。思わず絵かきさんは、窓から身をのりだそうとしました。

ところが、このとき、猫がとめたのです。

「おっと、いけません」

「どうして……」

「どうしてって、あっちは、べつの世界じゃありませんか」

「ね、窓のむこうへいったら、あなたは、この世のなかから、消えてしまいますよ」

「……………」

猫の目は、おそろしいほど、しんけんでした。ああ、ほんとに、そうかもしれないと、絵かきさんは思いました。すると、そとのけしきは、ますます、なぞめいた美しいものに思われてきました。


昼間、窓のそとは、いつものどかであたたかでした。そして、なによりもありがたいのは、そのあたたかい日の光が、毎日、絵かきさんのへやいっぱいにさしこんできて、ストーブなしでもすこしも困らなくなったことです。

あたたかい日だまりで、絵かきさんは、毎日熱心に絵をかきました。猫は、そのとなりに長ながと寝そべって昼寝をしました。その寝そべっている猫のすがたを、ある日、絵かきさんは、かいてみたのです。するとこれが、なかなかうまくかけましたので、売りにいきますと、なんと、すぐに売れました。絵かきさんは、おどりあがりました。これで何日か、らくなくらしができるぞと思いました。それで、かえりに、ひらめのおさしみなんか買って、その夜は、猫とふたりの宴会をしたのです。

こうして、くらしがいくらか楽になりますと、絵かきさんには、どうしても気になることができてきました。

それは、窓のそとのけしきのことです。

あのけしきのなかを、夕方になると毎日通る電車のことです。いいえ、その電車のなかで、いつも手をふっている白いセーターの少女のことです。白いセーターの少女は、いつも、絵かきさんにむかって手をふっていました。絵かきさんが、おかえしに手をふると、少女の手の動きは、ますます大きくなるのです。やがて、少女は、電車の窓から身をのりだして、髪の毛をなびかせて、なにかさけんだようでした。思わず、絵かきさんも、

「おーい」

と、よびました。自分も、窓わくから身をのりだして、むこうがわへ、のめりこみそうになりました。すると、そのたびに猫が、

「いけません」

と、とめるのです。

「窓のむこうへいったら、あなたは、この世から消えてしまいますよ」

絵かきさんは、はっとして、そのたびに、おそろしい気持ちになるのでした。けれ

ども、また、夕方になりますと、どうしても、あの少女のことを思わずにはいられませんでした。

夕方の、かっきり五時。あたりが、たそがれの色になり、夕風のふくころ、カタカタとかすかに電車の音がして、見わたすかぎりの草原を、電車が横ぎっていくのでした。そのころ、ちょうど絵かきさんは、絵の仕事をおえて、筆をあらいおわっているのです。そうして、窓わくにつかまって、じっとそとを見つめているのでした。

「あの電車は、どこからきて、どこへいくんだろう」

ある日、絵かきさんは、つぶやきました。猫は首をかしげて、

「さあ、どこからきて、どこへいくのでしょう」

と、くりかえしました。

絵かきさんは、思うのです。あの少女はたぶん、西のほうの町に住んでいて、東の町に、毎日働きにいっているのだろうと。西の町から東の町へは、この電車のほかに、バスの便《びん》があって、それは、この窓から見えないところを走っているにちがいありません。

「それできっと、かえりだけ、電車にのることにしてるんだ……」

絵かきさんは、そのほかにも、いろいろと、少女のことを考えました。少女のくら

しや、少女の仕事や、少女の家族のことなんかを……。そうすると、遠くて見えるはずのない少女の顔が、いつかはっきりと見えるような気がしました。少女の声まできこえるような気がしました。

そのうちに、絵かきさんは、朝から晩まで少女のことを考えるようになりました。絵をかいているときはもちろん、猫とふたりでごはんを食べているときも、町を歩いているときも、そして、やがて、眠っている夢のなかでまで……。

「あなた、このごろ、うわのそらですね」

と、猫はいいました。

「電車のなかの人のことばかり考えてますね。だめですよ、ちゃんと絵をかかなくちゃ。せっかくいい絵がかけるようになって、暮らしむきもよくなってきたのに、よけいなことばかり考えていたら、もとのもくあみです」

まったくだと、絵かきさんは思うのですが、ああ、そう思えば思うほど、絵かきさんの頭のなかは、少女のことでいっぱいになるのでした。

いまでは、絵かきさんは、あの夕方の、ほんの一瞬のためにだけ生きていました。窓のむこうを、電車が走りすぎていく数秒間のためにだけ……。

なんとかして、あの子にあいたい、あって話がしたい……。

いつか、絵かきさんにとって、それが大きな大きな願いになりました。そうしてある日、絵かきさんは、思いきって猫にたのみました。

「ねえ、お願いだ。もう一回だけ、魔法をつかってもらえないだろうか」

「…………」

「魔法で、電車のなかの人を、こっちへつれてきてほしいんだ。そんなこと、できないだろうか……」

猫は、うーんとうなったきり、なにもいいませんでした。そしてだまって考えました。とてもとても長いあいだ、だまって考えました。それから、ぽつんといったのです。

「それじゃ、さいごの魔法、つかってみましょう」

つぎの日の夕方、猫は、絵かきさんにいいました。

「絵かきさん、これから、わたしは、ちょっと絵のなかにはいってきます。そうして、あの少女にあって、こっちへくるように、たのんできます」

「で、でも……」

と、絵かきさんは口ごもりました。そんなことしたら、きみは……つまり、その、この世の猫ではなくなってしまうのじゃないだろうか……。

けれども猫は、きっぱりといいました。

「ご心配なく。わたしは、魔法をつかう猫ですからね。あのむすめさんつれて、なんとかしてかえってきます。ただね、ちょっとひまがかかるかもしれません。あせらずに、待っていてくれますか」

「もちろんさ。いくらでも待つよ」

「そうですか。それでは、そのあいだに、たくさん絵の勉強をしておいてください。それから、このへや、もうすこし、ましにしておいてください。テーブルかけも新しくして、食器も、きちんとしたのをそろえておいてください。ま、ときどきは、花でもかざって待っていてください」

猫は、もじょもじょと、じゅもんをとなえると、ひらりと窓わくにとびのりました。このとき、絵かきさんは、さけびました。

「きみ、この三色すみれを、あの人にとどけておくれ」と。

絵かきさんは、大いそぎで、窓わくのところにある三色すみれの鉢から花をぬきとりました。そうして、それを、すばやく花束にして、猫にわたしたのです。

「わかりました」

猫は、花束を口にくわえると、ぴょーんと窓のそとへ、とびだしていったのです。そのうしろすがたを、絵かきさんは、じっと見送りました。

夕空が、まっ赤です。ひなげしの花も、赤く赤くもえて、歌っていました。

やがて、コトコトと音がして、電車がやってきました。電車の窓から、白いセーターの少女が、手をふっていました。猫は、その少女にむかって、いちもくさんに走っていきました。

かたずをのんで、絵かきさんは、窓のそとを見つめていました。猫が電車にちかづいて、そして……ああ無事に、あの少女を、走っている電車から、おろすことができるでしょうか……。思わず、絵かきさんは、目をつぶりました。

そうして、二秒ほどして目をあけたとき……ああ、これは、どうしたことでしょう。猫は、少女にだきあげられて、電車にのせられてしまっていたのです。

白いセーターの少女が、まだらの猫をだいていました。猫は、三色すみれの花束を、口にくわえていました。そして、そのまま、電車は西へ走りさってしまったのです……。

「おーい、だめじゃないか」

と、絵かきさんは、さけびました。泣きだしそうになってさけびました。

「もどってこいよー。いっしょにいってしまっちゃ、だめじゃないかー」

絵かきさんは、窓わくを、こぶしでたたき続けました。ほんとうに、このとき、絵かきさんは、泣いていたのです。まるで、子どもみたいに……。そうして、はっと気がついたとき、窓のそとの風景は、ただの絵にもどっていました。

「………」

絵かきさんは、まばたきをしました。それから、手をのばして、絵にさわってみました。すると、たしかに、さわれるのです。野原にも、ひなげし畑にも、そして、空にも……。それは、一面、ぼこぼこした油絵の感触でした。はじめに絵かきさんが、壁に描いた昼の野原の絵でした。けれども、ふしぎなことに、あの電車だけは、どこにもなかったのです。

「電車、どこに消えてしまったんだろう……」

絵かきさんは、じっと目をこらしましたが、草ぼうぼうの野原には、線路のあとさえ見えはしませんでした。

絵かきさんは、ぺたんと、床にすわりました。長い長い夢からさめたような気がしました。

きゅうに、絵かきさんのくらしは、さびしくなりました。

猫がいなくなって、あのすてきな窓もなくなってしまったのです。つまり、なにもかも、もとのとおりになってしまったのです。

けれども、たったひとつ、ちがうことがありました。

春がきたことです。静かに確実に、季節は動いていました。北むきの窓をあけてみますと、つめたい北風のかわりに、ほんのりと、春のにおいが流れてきました。

「あったかくなってきたんだから、仕事に精をださなくちゃいけないな」

と、絵かきさんは、つぶやきました。

絵かきさんは、さびしいのをがまんするために、一生けんめい絵をかきました。白いセーターをきた少女の絵、ひなげしの花の絵、三色すみれの絵、そして、いくつもの猫の絵……。

絵かきさんの絵は、だんだん評判がよくなって、着実に売れるようになりました。それで、絵かきさんは、そとへでれば、喫茶店でコーヒーのいっぱいぐらいはのめるようになったのです。絵かきさんは、テーブルかけを新しくしました。食器もきれいなのを買って、テーブルには、いつも、花をかざりました。

すると、春のさかりのある日。

だれかが、絵かきさんの家のドアをたたいたのです。

トン、トン、トンと、とても、えんりょがちに。

ちょうど、絵の具のしたくをしていた絵かきさんは、パレットをもったまま、ドアをあけました。

すると、そこには、白いセーターをきた少女がたっていたのです。少女は、まだらの猫をだいていました。そして、こんなことをいったのです。

「あのう、これ、おたくの猫ではないでしょうか」

どぎまぎして、絵かきさんは、猫を見つめました。猫の首には、茶色のリボンがむすんでありました。絵かきさんはうなずいて、とても小さい声で、

「あ、ああ、たぶん……」

と、いいました。

「ぼくが、まえに飼っていた猫みたいです」

それから、おずおずと顔をあげて、まぶしそうに少女を見上げて、

「き、きみは、どこからきたのですか」

と、たずねました。すると少女はにっこりわらって、

「わたし、表通りの喫茶店で働いています。あなた、よくうちの店に、コーヒーのみ

にみえるじゃありませんか」

「………」

「きょうは、この猫が店にまよいこんできて、猫の首のリボンに、こちらの住所が書いてあったから、きたんです」

絵かきさんは、自分のへやの、南がわの壁をゆびさしてたずねました。

「あなた、この絵に、見おぼえがありませんか」

いいえと、少女は首をふりました。

絵かきさんは、まだらの猫の頭を、ちょっとたたいて、

「おい」

と、いいました。

「どこからどうやって、こっちへもどってきたんだい？」

けれども、ああ、猫はなんにもしゃべらずに、ただ小さい声で、にゃんと鳴いただけでした。

その日から、絵かきさんはまた、まだらの猫といっしょにくらすことになりました。が、ふしぎなことに、まだらの猫は、ただのつまらない猫になってしまって、も

のもしゃべらなければ、魔法もつかわなくなりました。

けれども、絵かきさんの願いは、ちゃんとかないました。絵かきさんは、喫茶店の白いセーターの少女と、すっかりなかよしになったからです。

白いセーターの少女は、三色すみれの花が大好きでした。広い野原を、風にふかれて走るのが好きでした。郊外の小さな電車にのるのも好きでした。けれども、あの絵の風景のことは、ほんとうになんにも知らないのでした。

ゆきひらの話

Awa Naoko FANTASY

ゆきひらを知っていますか。

土でつくられた、茶色いおなべのことです。

まるいふたと、とってと、口がついていて、おかゆを煮たり、おじやをこしらえたりするのに、なかなか便利なおなべなのですが、このごろは、あまり見かけなくなりました。

さて、そんなゆきひらが、ある家のとだなの奥にしまわれていました。

畑の中の一軒家です。

ちょっと風が吹けば、戸や窓がカタカタとゆれ、雪が積もれば、その雪にとっぽりと埋もれてしまいそうな、古い小さな一軒家です。

その家の中に、かぜをひいたおばあさんが、たったひとりで寝ていました。おばあさんは、もう長いこと熱がさがりません。せきが出て頭が痛くて、肩や背中が、ぞくぞくします。

「こんな時に、誰かいてくれたらねえ。せめて、猫一匹でも、そばにいてくれたら、ずいぶんちがうんだけど……」

おばあさんが、そんなひとりごとを言った時です。台所のあたりで、コトコトと音がしました。おや、誰か来たようだと、おばあさんは、思いました。おばあさんは、寝たまま、

「誰ですかー」

と、呼んでみました。するとまた、コトコト、コトコトと、音がしました。おばあさんは、もう一度、

「誰ですか」

と、聞きました。すると、元気な声が、

「ぼく、ゆきひらです」

と、答えました。

「ゆきひらさん……はて」

おばあさんは、考えました。そんな名前の知りあいが、いたかしら……。

するとまた、明るい声がしました。

「ええ。ぼくは、おなべのゆきひらです。ちょっと、ここのとだなを、あけてください」

おばあさんは、目をまんまるにしました。カタカタ鳴っていたのは、なんと、台所のとだなだったのです。そして、しゃべっていたのは、しまいっぱなしの古いおなべだったのです。

「まあおどろいた。ゆきひらが、口をきくなんて」

おばあさんは、しばらくぽかんとしていましたが、そのうちに、とても、うれしくなりました。おなべだってお皿だってかまいません、おばあさんは、今、たったひとりで、そのうえ病気で、誰かにやさしくしてもらいたくてたまらないのですから。

「はいはい、今、あけますよ」

おばあさんは、起きあがって、よろよろと、台所へ歩いて行きました。そうして、とだなの戸を、カタリとあけますと、ゆきひらが、ぴょんととび出してきて、

「おひさしぶりでした」

と、言いました。

「……………」

おばあさんは、しみじみと、ゆきひらをながめました。

「ほんとにまあ、何十年ぶりだろうねえ……」

遠い遠いむかし、おばあさんが、小さい女の子だった頃、この台所で、ゆきひらは、大活躍していたのです。おばあさんのお母さんは、このおなべが大好きで、よくこれで、大根やおいもを、コトコトと煮て食べさせてくれました。火にかけられたゆきひらの口から、白いゆげがふっふとあがって、おいしそうなにおいが家じゅうにひろがっていた遠い日のことを、おばあさんは、思い出しました。

「なつかしいねえ……」

おばあさんは、そっと、ゆきひらにさわってみました。すると、ゆきひらが、こんなことを言いました。

「おばあさん、どうですか。あったかいおかゆなんか」

「え？　おかゆを？　あんたが作ってくれるの？」

「ええ。お米と水を、ぼくの中に入れてください。そうすればぼくは、ぴょんと火の上にのっかって、とびきりおいしいおかゆを作ってあげますよ」

「せっかくだけど」

と、おばあさんは、首をふりました。

「わたしは今、おかゆは食べたくないわ」

「それじゃ、熱い野菜スープは、どうでしょう。ぼくの中に、野菜のきれっぱしと、水を入れてくれれば、たちまち、おいしいスープができますよ」

「せっかくだけど」

と、おばあさんは、また首をふって、

「わたしは、今、スープは食べたくないわ。それより、つめたいものが食べたいの」

と、言いました。

「そうですか」

ゆきひらは、しばらく考えてから、ふたをコトンと鳴らして言いました。

「それなら、りんごの甘煮《あまに》を作りましょう。それを、つめたくして、ごちそうしましょう」

これを聞いて、おばあさんは、はじめて、にっこり笑いました。

「ああ、りんごの甘煮が、わたしは、ずうっと前から食べたかった」

「そうですか！」

ゆきひらは、よろこんで、ぴょんぴょんとびました。

「それじゃあおばあさん、りんごの皮をむいてくださいな。それから、りんごをうすくきざんでくださいな。それができたら、きざんだりんごとお砂糖ひとにぎり、ぼくの中に入れてくださいな」

おばあさんは、言われたとおりにしました。すると、ゆきひらは、

「それじゃあ、おばあさん、静かに寝ていてくださいね」

と、言いました。

さて、それから、どうなったでしょうね。

おばあさんが、へやにもどって寝ているあいだに、ゆきひらは、かまどの上にとびのって、

「もえろ、もえろ」

と、言いました。すると、つめたいかまどに火がついて、ちょろちょろと燃えだしました。

「とろ火だ、とろ火だ」

と、ゆきひらがいいますと、かまどの火は、ちょうどいいとろ火になって、とろとろと燃えました。

なべの中のりんごは、やわらかくなりました。白いお砂糖は、とけて、りんごの中にしみていきました。ゆきひらの口から、ふっふと、ゆげがのぼりました。甘いりんごのにおいが、ゆっくりと、家の中に、ひろがっていきました。

こうして、りんごの甘煮ができあがると、ゆきひらは、

「きえろ、きえろ」

と、かまどの火を消して、コトンと、床におりました。それから、

「おばあさん、ちょっと外へ行って来ますよ」

と言うと、台所口から、トコトコ、トコトコ出て行きました。

外では、北風が吹いていました。

おばあさんの畑の小さな柿の木が、風にふるえていました。

「柿の木さん、こんにちは」

と、ゆきひらは言いました。柿の木は、ほそい枝をゆすって、

「こんにちは。寒いですねえ」

と答えました。

「ほんとに、ほんとに寒いですねえ。でも、きょうは、もっと寒くなりますよ。雪がふるかもしれません」

ゆきひらはそう言うと、空にむかって、いきなり口笛を吹きました。

ぴーっと、ほそくするどく、それはまるで、鳥の声のような口笛でした。それから、ゆきひらは、空を見あげて、思いきり大きな声で、

「ゆきひら　ゆきひら
　ゆきのなか」

と、歌ったのです。

するとどうでしょう。灰色の空から、ほろほろと、まるで花びらのような雪が舞いおりて来ました。ゆきひらは、その雪をいっぱいにあびて、うれしそうに笑いました。そして、いつまでもいつまでも、そこにじっとしていました。

ゆきひらは、雪をかぶって、ほんのり白くなりました。そして、いつか、雪のようにつめたくなりました。すると、ゆきひらは、

「できたよできた、つめたいおかし」

と、歌いながら、コトンコトンと、家の中にもどりました。それから、おばあさんのまくらもとに来て、静かに言いました。

「おまちどおさま、おばあさん。りんごの甘煮がひえました」

ほっと目をあけて、おばあさんは、ゆきひらを見ました。それから、うれしそうにうなずくと、ゆきひらのふたをあけました。

りんごの甘煮は、白くつめたく、すきとおっていました。

「ありがとう」

おばあさんは、まくらもとのスプーンを取ると、ゆっくりと、りんごの甘煮を食べました。熱のあるおばあさんの、熱い口の中で、それは、なんとやさしく、甘かったことでしょう。

「おいしいこと。こんなおいしいもの、何年ぶりだろう」

おばあさんは、ひと口食べては、目をつぶりました。すると、そのたびに、気分が良くなっていくようでした。おばあさんが、りんごの甘煮を、すっかり食べ終わると、ゆきひらは、こう言いました。

「さあ、今度は、おやすみなさい。眠くなってきたでしょう？　かぜには、眠るのが一番です」

すると、おばあさんは、本当に、眠くなってきて、目をつぶりました。そしていつか、ぐっすりと眠りました。

夜明けに、おばあさんは、夢をみました。

それは、りんご畑の夢でした。

りんご畑に、りんごの花が咲いていました。その花の中で、おばあさんは、小さい女の子になって遊んでいました。かすりの着物に、赤い帯をしめて、髪には、小さな金の鈴をつけていました。その鈴の音がうれしくて、おばあさんは、ぴょんぴょんとんでいました。すると、遠くから、歌声が聞こえてきました。

「ゆきひら　ゆきひら
　ゆきのなか」

やさしい、あたたかい声でした。聞きおぼえのある、なつかしい声でした。おばあさんは、声のする方へ、ずんずん歩いて行きました。すると、りんごの花びらが散りはじめました。

「ゆきひら　ゆきひら
　ゆきのなか」

ふしぎな歌声にあわせて、りんごの花びらは、まるで雪のように散ってゆきます。

おばあさんは、髪の鈴を、ちりちり鳴らして、どこまでも走ります。走っても走っても、りんご畑は、終わりません。そして、白い花びらは、ますますはげしく、ふりこぼれて来るのです。

(ふぶきだ　ふぶきだ)

ぴたぴたと、ぞうりを鳴らして、おばあさんは、走り続けました。そして、その花ふぶきの中に、思いがけなく、ひとりの女の人を見たのです。もんぺをはいて、髪をうしろに小さく結《ゆ》った人でした。ふっくりと白いやさしい手をした人でした。

「かあちゃん!」

ああ、それは、ずっと昔に死んだ、おばあさんのお母さんだったのです。

お母さんは、おばあさんを見て、ほっと笑いました。すると、あたりが、ほんのり明るくなりました。おばあさんは、うれしくて、胸がいっぱいになりました。ぴょんぴょんとびながら、

「かあちゃーん」

と、もう一度呼びますと、涙が出そうになりました。夢の中のお母さんは、白い手を、ひらひらとふりました。すると、あたりは、どんどん明るくなりました。たくさ

んの光の矢が、一度に空から降ってくるようです。

ああまぶしいと、おばあさんは目をつぶりました。まぶしくて、まぶしくて、両手で顔をおおいました。

するとこの時、目がさめてしまったのです。

やさしい、いい夢は、消えていきました。

おばあさんは、自分の家の朝の光の中に、寝ていました。まくらもとには、ゆきひらがひとつ、静かに光っていました。おばあさんは、もっくりおきあがって、頭をふりました。頭は、もう少しも痛くありません。熱もさがったようです。

「ゆきひらさん、とても、ぐあいがよくなりました」

おばあさんは、ゆきひらに話しかけました。それから、ゆきひらを、そっと、だきかかえると、台所へ持って行きました。

おばあさんは、ゆきひらを、ていねいに洗いました。それから、ふきんでピカピカにふいて、だいじにだいじに、かまどの上に置きました。

●この作品は、二〇〇八年十一月に、X文庫ホワイトハートとして刊行されたものです。

|著者| 安房直子　1943年、東京都生まれ。子供の頃から「グリム童話」「アンデルセン童話」に親しみ、日本女子大学国文科在学中より数多くの美しい物語を発表。野間児童文芸賞他、多数の賞を受ける。1993年永眠。作品集として『南の島の魔法の話』(講談社文庫)、『花のにおう町』(岩崎書店)、「安房直子コレクション」(全7巻・偕成社)、『安房直子 十七の物語　夢の果て』(瑞雲舎) などがある。

春《はる》の窓《まど》　安房直子《あわなおこ》ファンタジー

安房直子《あわなおこ》

2022年2月15日第1刷発行

発行者——鈴木章一

発行所——株式会社　講談社

東京都文京区音羽2-12-21　〒112-8001

電話 出版 (03) 5395-3510

販売 (03) 5395-5817

業務 (03) 5395-3615

Printed in Japan

講談社文庫

定価はカバーに
表示してあります

KODANSHA

デザイン—菊地信義

本文データ制作—講談社デジタル製作

印刷———豊国印刷株式会社

製本———株式会社国宝社

ISBN978-4-06-526690-8

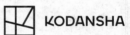

講談社文庫刊行の辞

二十一世紀の到来を目睫に望みながら、われわれはいま、人類史上かつて例を見ない巨大な転換期をむかえようとしている。

世界も、日本も、激動の予兆に対する期待とおののきを内に蔵して、未知の時代に歩み入ろうとしている。このときにあたり、創業の人野間清治の「ナショナル・エデュケイター」への志を現代に甦らせようと意図して、われわれはここに古今の文芸作品はいうまでもなく、ひろく人文・社会・自然の諸科学から東西の名著を網羅する、新しい綜合文庫の発刊を決意した。

激動の転換期はまた断絶の時代である。われわれは戦後二十五年間の出版文化のありかたへの深い反省をこめて、この断絶の時代にあえて人間的な持続を求めようとする。いたずらに浮薄な商業主義のあだ花を追い求めることなく、長期にわたって良書に生命をあたえようとつとめるところにしか、今後の出版文化の真の繁栄はあり得ないと信じるからである。

同時にわれわれはこの綜合文庫の刊行を通じて、人文・社会・自然の諸科学が、結局人間の学にほかならないことを立証しようと願っている。かつて知識とは、「汝自身を知る」ことにつきていた。現代社会の瑣末な情報の氾濫のなかから、力強い知識の源泉を掘り起し、技術文明のただなかに、生きた人間の姿を復活させること。それこそわれわれの切なる希求である。

われわれは権威に盲従せず、俗流に媚びることなく、渾然一体となって日本の「草の根」をかたちづくる若く新しい世代の人々に、心をこめてこの新しい綜合文庫をおくり届けたい。それは知識の泉であるとともに感受性のふるさとであり、もっとも有機的に組織され、社会に開かれた万人のための大学をめざしている。大方の支援と協力を衷心より切望してやまない。

一九七一年七月

野間省一

講談社文芸文庫

林原耕三
漱石山房の人々
「あんな優しい人には二度と遭えないと信じている」。漱石晩年の弟子の眼に映じた師とその家族の姿、先輩たちのふるまい……。文豪の風貌を知るうえの最良の一冊。

解説＝山崎光夫
はＮ１
978-4-06-526967-1

中村武羅夫
現代文士廿八人
かつて文士にアポなし突撃訪問を敢行した若者がいた。好悪まる出しの人物評は大人気。花袋、独歩、漱石、藤村……。作家の素顔をいまに伝える探訪記の傑作。

解説＝齋藤秀昭
なＵ１
978-4-06-511864-1

講談社文庫　目録

芥川龍之介　藪の中
有吉佐和子　新装版 和宮様御留
阿刀田　高　ナポレオン狂
阿刀田　高　新装版 ブラック・ジョーク大全
相沢忠洋　「岩宿」の発見〈幻の旧石器を求めて〉
鮎川哲也　りら荘事件
赤川次郎　偶像崇拝殺人事件
赤川次郎　人間消失殺人事件
赤川次郎　三姉妹探偵団
赤川次郎　三姉妹探偵団2〈キャンパス篇〉
赤川次郎　三姉妹探偵団3〈珠美・初恋篇〉
赤川次郎　三姉妹探偵団4〈怪奇篇〉
赤川次郎　三姉妹探偵団5〈復讐篇〉
赤川次郎　三姉妹探偵団6〈危機一髪篇〉
赤川次郎　三姉妹探偵団7〈駆け落ち篇〉
赤川次郎　三姉妹探偵団8〈人質篇〉
赤川次郎　三姉妹探偵団9〈青ひげ篇〉
赤川次郎　三姉妹探偵団10〈父恋し篇〉
赤川次郎　死が小径をやってくる〈三姉妹探偵団11〉
赤川次郎　死神のお気に入り〈三姉妹探偵団12〉
赤川次郎　次女と野獣〈三姉妹探偵団13〉
赤川次郎　心地よい悪夢〈三姉妹探偵団14〉
赤川次郎　ふるえて眠れ、三姉妹〈三姉妹探偵団15〉
赤川次郎　三姉妹、呪いの道行〈三姉妹探偵団16〉
赤川次郎　三姉妹、初めてのおつかい〈三姉妹探偵団17〉
赤川次郎　恋の花咲く三姉妹〈三姉妹探偵団18〉
赤川次郎　月もおぼろに三姉妹〈三姉妹探偵団19〉
赤川次郎　三姉妹、ふしぎな旅日記〈三姉妹探偵団20〉
赤川次郎　三姉妹、清く貧しく美しく〈三姉妹探偵団21〉
赤川次郎　三姉妹と忘れじの面影〈三姉妹探偵団22〉
赤川次郎　三姉妹、舞踏会への招待〈三姉妹探偵団23〉
赤川次郎　三人姉妹殺人事件〈三姉妹探偵団24〉
赤川次郎　三姉妹、さびしい入江の歌〈三姉妹探偵団25〉
赤川次郎　静かな町の夕暮に
赤川次郎　キネマの天使〈レンズの奥の殺人者〉
泡坂妻夫　花火と銃声
新井素子　グリーン・レクイエム〈新装版〉
安能務訳　封神演義 全三冊
安西水丸　東京美女散歩
綾辻行人　殺人方程式〈切断された死体の問題〉
綾辻行人　鳴風荘事件 殺人方程式II
綾辻行人　十角館の殺人〈新装改訂版〉
綾辻行人　水車館の殺人〈新装改訂版〉
綾辻行人　迷路館の殺人〈新装改訂版〉
綾辻行人　人形館の殺人〈新装改訂版〉
綾辻行人　時計館の殺人〈新装改訂版〉
綾辻行人　黒猫館の殺人〈新装改訂版〉
綾辻行人　暗黒館の殺人 全四冊
綾辻行人　びっくり館の殺人
綾辻行人　奇面館の殺人(上)(下)
綾辻行人　どんどん橋、落ちた〈新装改訂版〉
綾辻行人　緋色の囁き〈新装改訂版〉
綾辻行人　暗闇の囁き〈新装改訂版〉
綾辻行人　黄昏の囁き〈新装改訂版〉
綾辻行人ほか　7人の名探偵
我孫子武丸　探偵映画
我孫子武丸　新装版 8の殺人

2021年12月15日現在